NOVELA

# Desde su mausoleo
# RAMON FREIRE:
# ¡YO ACUSO!

TOÑO  FREIRE

Ramón Freire: ¡Yo acuso!

Autor: Toño Freire

Editorial, TF Publicidad y Producciones

Bustos 2584 casa C., Providencia. Santiago

Fono: (56 2) 228481388

Email: tfreire@vtr.net

Editora ejecutiva: Patricia Larraguibel

Diseñador: Zarko Ostoic M.

Cuadro Portada: Óleo de José Gil de Castro (Memoria Chilena)

Registro. Prop. Intelectual:

Inscripción ISBN: 978-956-401-906-2

*Mis agradecimientos al Excmo. Embajador de Perú en República Dominicana, señor Augusto Freyre Layzequilla, por sus valiosas informaciones.*

*Dedicado a Patricia, mi esposa, energía vital de mis creaciones.*

Un libro empastado en tapas rojas, con el apellido Freire impreso en letras doradas en el lomo, que permaneció desde mi infancia en la biblioteca paterna, fue el germen original que motivó la indagación de esta obra.

**EXPLICACIÓN:**

En efecto, el título de este libro carece de originalidad. Remeda el *J'accuse* de Emile Zola. En 1896 el novelista lo usó en un polémico artículo destinado a defender a Alfred Dreyfus, capitán de origen semita condenado injustamente a cárcel. Por cierto, el llamado ¡Yo Acuso! tampoco pretende conmocionar a la ciudadanía, como ocurriera con la carta abierta dirigida por el escritor al presidente Felix Fauré, al ser publicada en los diarios franceses. Sin embargo, al reutilizarlo, hidalgamente, busca sensibilizar en torno a la existencia y obra del prócer que más victorias obtuvo durante la Independencia de Chile y que, en forma metódica, ha sido denigrado -salvo recientes excepciones- por los historiadores nacionales. Es justicia.

# DE LA DAMNATIO MEMORIAE
# AL ASESINATO DE IMAGEN

## Visiones polémicas

De repente sentí que a mi espalda una voz grave me llamaba. Situación imposible, porque del grupo nocturno que seguía al guía, yo era el más rezagado:

- Si…sí…le hablo a usted. Como lo vi que escribía en una libreta mientras escuchaba las explicaciones, pensé que podría ser la persona indicada para escucharme y decidí salir del mausoleo.

Aterrado, restregándome los ojos, rechacé la ingrávida imagen parlante e intenté salir corriendo. Tiritaba y no era por el frío invernal. Una fuerza superior ancló mis pies. Inmovilizado como las esculturas de metal o concreto que adornaban el campo santo, buscando clemencia en oquedades, al borde del shock, sólo vino a calmarme el racconto de las frases dichas por el guía al iniciarse el tour por el Cementerio General:

- Siendo las 20.00 horas, rendido el día a las veleidades de la noche, en este instante ustedes entran al mundo de los muertos. Son intrusos que vienen a romper su paz centenaria o reciente. Nadie los llamó. Son invasores que llegan a despertarlos. Los finaos vivían, sí, vivían y dormían el sueño eterno. Ellos tienen todo el derecho a protestar. ¿Cómo lo hacen? Muy simple: convirtiéndose en fantasmas salen de sus tumbas dispuestos a asustar, riendo macabramente o emitiendo sonidos cavernosos porque desean desahogar amarguras contenidas. En consecuencia, no se alarmen ni griten si se les aparece alguno.

Internalizando la explicación, posicionado en el Patio 15, a metros de la entrada y al costado oriente de la capilla, aunque una cosa es la retórica y otra la realidad, opté por atender a la aparición:

- ¡Cómo no voy a saber con quién tengo el honor de conversar si el guía acaba de informar que usted es la figura principal del panteón de la familia Freire Valdés!  Don Ramón, por favor acepte mi modesto saludo.

- Gracias, gracias. Dejemos a un lado las formalidades. Le cuento: al verlo tomando apuntes a la antigua en una libreta, no en notebook, pensé que podría ser periodista. No me equivoqué, ¿verdad?

- Tuvo buen ojo, acertó, ya que, además, soy aficionado a la historia, a nuestra leyenda patria.

- Y que por las canas que pinta, a lo mejor tendría interés en escuchar a un viejísimo militar retirado que quiere aclarar ciertos asuntos que a través del tiempo se han prestado para polémicas.

- Su elección me congratula. Cualquier reportero querría estar en mi lugar. ¡Vaya suerte tener la chance de conversar con un prócer de la Independencia, ex Director Supremo, ex Presidente de la República y ex Presidente de Junta de Gobierno! ¡A pesar de que el paisaje no es el más apropiado!

- ¡Cómo dice eso! Aquí nadie nos molesta. Silencio absoluto. Salvo el trinar de los pájaros, el ulular de algún búho o el aleteo de un murciélago. ¡Los guardias corretean hasta los perros!

- ¿Qué me cuenta de los ladrones profanadores de tumbas?

- Si roban, a lo mejor lo hacen porque están necesitados. En el hogar de un pobre, el oro de una dentadura, un par de aros o un anillo de matrimonio, al venderlos, pueden servir más que en un ataúd… Mejor pasemos a lo que quiero denunciar… Sigo recibiendo rumores acerca de una serie de escritores conservadores que insisten en desprestigiarme ante la ciudadanía como un gobernante pusilánime, improvisado, desprovisto de carácter. Con remilgos me aceptan como un militar temerario.

- Así es. No lo dejan bueno para nada. Se lo digo yo, que conozco de memoria la biografía de nuestros héroes. Con decirle que un historiador llamado Pedro Pablo Figueroa escribió que usted desde chico había sido afable, leal, caballerito, pero de aquellas personas que el sentimiento de honor lo sobreponían a la inteligencia. A su falta de estudios formales, atribuía que se dejara dominar por los consejeros.

- Estoy al tanto de su opinión: es el mismo que curiosamente me define como luminoso y predominante. ¿En qué quedamos?

- Tampoco he olvidado a mi profe Francisco Frías Valenzuela. En sus clases en el liceo Barros Borgoño lo trataba de carente de dotes políticas y estadísticas. Argumentaba que debido a su falta de ideas y preparación era presa fácil de hombres de opuestas tendencias que lo rodeaban. No obstante, nos extrañaba que sobre la marcha lo adulara como un mandatario desapegado del poder, tolerante, dueño de un prestigio superior que lo hacía estar sobre los bandos políticos.

- Así actúan algunos historiadores: unas paladas son de cal y otras de arena.

- Pero me consta también que hay redactores antiguos que lo favorecen. Del militar Indalicio Téllez Cárcamo, una vez leí que usted, por ser educado en la vida militar, era extraño a las sutilezas diplomáticas, y que desconociendo otro arte que el de batirse bien, en el arte de discutir le iba *maoma*. Lo lisonjea cual ejemplo de desprendimiento. ¿Le gustó?

- ¡A quién desagrada que le laven la cabeza!

- Entre los que psicológicamente lo perjudican, tengo nítidos a Encina y Castedo. Lo califican de corto de alcance, carente de preparación política, propenso a dejarse engañar. Hablan de una cordura negativa que lo impulsaba a no contrariar a las corrientes de opinión; también citan su absoluta ineptitud administrativa y una docilidad total para dejarse dirigir.

- ¡Eso sí que lo rechazo! Acaloradamente peleé, discutí con San Martín, Cochrane, Las Heras, Prieto, con Bernardo, que son los más grandes de nuestra historia, e impuse mis ideas. Les doblé la mano. Aceptaron lo que yo planteaba. ¡Y estos señores vienen a calificarme de débil!

- No se me enoje ¡Tiene fama de cascarrabias! Yo le creo. Y eso que no nombró a todos los milicos españoles que gritó, derrotó y humilló.

- ¡Vaya dúo de caraduras! Buscando el perfeccionamiento, consciente de mis defectos, traté de corregirlos en pro de una sociedad mejor y más justa.

- No obstante, sabrá también de la aparición de una flamante generación de recordadores que aportan una visión diferente y subrayan su arrogancia e intrepidez. Rompiendo mitos centenarios, tras acuciosas investigaciones, han pintado un paisaje más veraz de los sucesos militares, institucionales, disputas de líderes y trastiendas producidas desde la formación de la Primera Junta de Gobierno a las jornadas en que empezamos a consolidarnos como república.

- A mis denostadores, los desprecio. Sus obras defienden lo peor de la oligarquía, capitalismo, militarismo. Estoy al tanto de esos nuevos redactores. Los estimo y pretendo corroborarlos con mis revelaciones. Fue la causa porque lo interrumpí. Sus relatos están poniendo la verdad histórica en su lugar y abriendo los ojos a los millennials para que algún día cambien nuestra sociedad clasista, racista, derechista.

- Dijo, millennials y antes notebook. O sea que está al día con los acontecimientos y figuras políticas.

- Por cierto. Y también sé de twitters, streamings, esa inmundicia llamada fake news ¡Qué se imagina! Tampoco me son extraños Piñera, Lagos, Pinochet, Bachelet. ¡Dejar de respirar no significa sellar la mente! En cuanto a historia, los Sepúlveda, Baradit, Ortega, Peralta, igual que un tsunami remecieron el féretro y mi adormecida conciencia. Gracias a sus juicios me siento joven e idealista, como en aquellas gloriosas gestas patrióticas que hicieron a los bardos llamarme el Cid Campeador chileno.

- ¿Lo habrán comparado sólo por sus hazañas increíbles al enfrentar al enemigo o también por su fuerte personalismo y ambiciones? Y no se moleste si le digo que, hasta donde he leído, Ruiz Díaz Rodríguez, de Vivar, lugar cercano a Burgos, así como sirvió fielmente al rey de España en el siglo XI contra los musulmanes invasores, después se dio vuelta la chaqueta, convirtiéndose en caudillo independiente que, incluso, por propiedades y prebendas, puso sus armas al servicio de los árabes. Muy Cid sería, apodo que en árabe significa Señor, y que ellos le pusieron en admiración, pero que de nada le sirvió ante el indignado Alfonso VI, que igualmente lo desterró.

- ¡No me irrite! ¡Yo nunca pacté o combatí a favor del enemigo! El venerado Bernardo sí que lo hizo. En cuanto a mis destierros, más adelante le expondré las injustas causas que los provocaron.

- Retomando la hebra literaria, le narro que Vicente Huidobro asimismo ensalzó a Díaz de Vivar al escribir Las Hazañas del Cid Campeador, término usado para referir a sus triunfos a campo abierto, no en fortalezas ni castillos. Sin embargo, en materia de relatos socio-políticos fidedignos criollos, imagino que usted conoce a Gabriel Salazar Vergara, que ha sido uno de sus grandes defensores e insigne contradictor de Diego Barros Arana.

- ¡Uf! No siga. Tache esos apellidos. No ponga ojos añejos junto a la mirada lúcida del Premio Nacional. Dieguito, en sus frondosos volúmenes representa las páginas más oscuras de la revisión histórica oligárquica.

- ¿Y cuándo nace esa bronca para enjuiciarlo a usted?

- Como él era un furibundo o´higginiano, deduzco que se deberá al hecho de que fue a mí a quien correspondió derrocarlo. Otro de sus dioses intocables fue Portales, un ente viscoso y lujurioso.

- Sin embargo, los especialistas respetan sus análisis justos, objetivos, imparciales.

- ¡Que boten sus gafas! Barros Arana fue un fanático religioso que hizo escuela entre derechistas afines a dictaduras, clasistas, racistas. Filosóficamente no cuadraba conmigo. Revanchista envenenado, porque su acaudalado padre había tenido litigios por un fundo con el progenitor de los Carrera, descargó en sus escritos toda su animosidad contra sus hijos. Hasta ahora guardé silencio frente a sus mentiras y ofensas, también las de otros, mas creo que al cumplir mis ¡234 primaveras! -nací en noviembre de 1787- tengo derecho a entregar a la opinión pública mi versión de lo vivido, sufrido y llorado -sí, los héroes también lloramos- durante los años que derrotamos al invasor español y empezó a construirse la nación.

- Está en su absoluto derecho. Es increíble la obsesión paranoica por degradarlo. Negacionismo absoluto. Ni que hubiese sido un delincuente. Si hasta existió una periodista de revista Paula que, oponiéndose a los conceptos de Salazar, redactó que éste se había enamorado de usted, aseverando que no fue un estratega genial. A modo de prueba señalaba su desastrosa conducción en Lircay durante la guerra civil de 1829-1830.

- En los anales militares consta lo desproporcionado de las fuerzas en pugna y mi claudicación para evitar tan inútil desangramiento popular.

- Sabe, frente a su caso, voy a usar un concepto actual que tal vez le moleste: premeditadamente se ha ido cometiendo un asesinato de imagen. No puede ser casual que a la descalificación de Barros Arana cuando usted asume de Director Supremo, se organizara un coro de maledicentes cantando la misma letra:

*De aquella época data su vida política en que después vino a ser tan desgraciadamente célebre. Educado en la carrera militar, comprendía que una nación se podía regir como un ejército, i aunque jamás ejerció actos de despotismo que tan poco acorde estaban con la grandeza de su alma, parecía extrañar la ausencia del régimen militar para sostenerse con decoro en el alto puesto en que se hallaba colocado.*

- Por donde se la mire, una polifonía confusa, ya que, en otro momento, Arana lo describe:

*El teniente-coronel Freire era el héroe de cada uno de estos encuentros, despreciando el fuego de cañón de los castillos perseguía al enemigo hacia sus trincheras, desplegando un valor más que natural.*

- ¡Es decir lo califica de sobrenatural! ¡Un personaje como Superman!

- Comprenderá la causa de mi enojo. Ha sido una partitura siniestra que ya enteró dos siglos. No la escribió el viento.

- Coincido con usted. Aparentemente son esbirros del peor conservadurismo queriendo borrar su trayectoria en los destemplados años de la emancipación.

## Monumentos romanos

- Estimado reportero, de esa jugada por invisibilizarme siempre he tenido conciencia. En forma maquiavélica, generación tras generación, fueron traspasándose las tretas para ocultarme. Desprestigiar mi imagen e ideales, ocultar mis triunfos militares, fue parte del plan oligarca destinado a potenciar la inclinación de O'Higgins por los gobiernos dictatoriales y el enriquecimiento de las elites. Desde monarquías a nuevos empoderados, se han usado fake news para destruir personajes. ¿Ha oído hablar del Damnatio Memoriae?

- Sorry, pero en italiano sólo se decir pizza y Andrea Boccelli.

- Le explico: Damnatio es una expresión latina que significa condena de la memoria. Fue una ley que practicaron los romanos, consistente en la eliminación de un personaje que ya había sido muchas veces inmortalizado en diversas obras escultóricas. Caía en desgracia y sus monumentos se eliminaban. En la práctica, condenaba el recuerdo del enemigo tras su muerte: los convertían en basura. Decretado el Damnatio por el Senado, lo borraban de los monumentos, monedas, columnas y hasta prohibían usar su nombre.

- ¡Qué bestias! ¿Y quién fue el emperador que inventó esta ley de la amnesia política?

- A la muerte de Julio César empezó a aplicarla el Senado romano. Su sibilino objetivo era borrarlo de la historia. El afectado desaparecía de la memoria colectiva y sus obras eran atribuidas al sucesor. Sutilezas de la antigüedad que continúan aplicándose en todos los regímenes. ¿Capisci?

- Claro que capisco y veo que a usted lo sometieron a la Damnatio. Tratando de salvar a sus detractores, me interrogo: ¿imposible que ellos carecieran de capacidad para comprender su relación diferente con el poder? Se lo planteo, porque su comportamiento enseguida de triunfos memorables como la encarnizada campaña de Chiloé, al invitar a compartir una cena en su casa al general realista Quintanilla, escapa a toda lógica guerrera. A pesar de que confirma de que usted era fiero con el enemigo y generoso con los vencidos.

- Podría decir "paso" como en el dominó. O traspasar la responsabilidad decodificadora pos gesta bélica a los historiógrafos. No obstante, sostengo que mi conducta en ninguna de las situaciones merece calificarse de flaqueza. Lo que intenté entonces fue emitir símbolos de conciliación. Por el desarrollo de la nación, había que cerrar etapas. Además, los triunfos siempre los consideré como metas, peldaños para alcanzar la independencia. Si gané en el combate, aquello no me autorizaba para humillar al enemigo ni enquistarme en el poder.

- ¿No estarán entonces sus críticos confundiendo magnanimidad con debilidad? De cualquier modo, ya era hora que asomara la cabeza y hablara. Me quedó dando vuelta lo del Cid Campeador. Entre otras confrontaciones guerreras, ¿le habrán puesto el apodo por su arriesgada actuación al salvar a O'Higgins en el desastre de Rancagua, por sus victorias como filibustero, recorriendo las costas peruanas y ecuatorianas, por la expulsión definitiva de los españoles lograda en Chiloé, o por la suma de todas sus proezas?

- No soy yo el indicado a señalarlo: soy corto de genio. En todo caso, haciendo una selección cronológica y un tanto desordenada a causa de los enredos políticos posteriores a la primera declaración de nuestra Independencia, estimo que mi reconocido debut como guerrero temerario se produjo en Talcahuano, puerto muy valioso en aquellos lustros. En un mismo año, dos veces debí participar en la toma de la dársena en poder español. Al parecer mi cometido fue bien calificado ya que fui ascendido a capitán.


## Truenos en el rostro

- No era para menos. Por mi parte, lo que alcancé a aprender en el liceo es que Talcahuano era el nombre de un cacique y que significa tierra de los truenos en el cielo. También recuerdo que el profesor mencionó que los mapuches, a la llegada de los coños, según su territorio, se dividían en picunches, indios del norte; huilliches, los del sur; moluches los del oeste y a la gente del mar la nominaban lafquenches.

- Como decían otrora, usted es un individuo bien *letrao*.

- Gracias, y le puedo agregar que a esa bahía, el poeta y militar español Alonso de Ercilla y Zúñiga, participante en la campaña conquistadora, en su obra La Araucana le dedica estas líneas:

*En esto la cerrada niebla oscura/ por el furioso viento derramada/ descubrimos al Este la herradura/ al Sur la isla de Talcahuano levantada/ reconocida ya nuestra aventura/ (...)*

- Oiga, sus conocimientos me apabullan. Usted no se parece en nada a colegas suyos que dan bote en historia.

- Al respecto, guardaré silencio. No obstante, como le dije que me apasionaban nuestras gestas, déjeme aportar que esas costas de Arauco fueron muy apetecidas debido a que Fernando Abascal, virrey del Perú, mandó al sur al brigadier Antonio Pareja para que con las tropas que mantenían los gobernadores de Chiloé y Valdivia, sumando indígenas y milicianos, armara un gran ejército. La idea fue dominar Talcahuano y Concepción y enseguida avanzar hacia el norte, a Santiago, para aplastar la insurgencia patriota.

- Valiosísimo su alcance, aunque le agregaré que el gran objetivo de Abascal era aún más ambicioso. Reconquistada la capital, consistía en cruzar la cordillera y avanzar para eliminar a los patriotas rioplatenses que estaban independizados desde mayo de 1810. Para completar el devastador plan contarían con el apoyo del potente ejército realista del Alto Perú.

- Nefasto proyecto que, recalquemos, por fortuna sucumbió en parajes chilenos.

- Útil es decir que esa región, años más tarde, fue liberada en la batalla de Ayacucho de 1824, significando la expulsión definitiva de los españoles del continente y que luego transformó al Alto Perú en Bolivia.

- En efecto. Ahora sí, soy todo oídos… Empero, permítame, debido a que la luz es deficiente -obvio que es para hacer más lúgubre la visita turística a la necrópolis- no había apreciado que una de sus mejillas es más tersa, se ve más suave que la otra. Si no es indiscreción, ¿a qué se debe?

- No, no me molesta su inquietud. La respuesta se vincula con la misma circunstancia… Usted dijo que Talcahuano significaba truenos del cielo, pues para mí significó explosión de un cañón y truenos en la cara. Aquel día 26 de junio de 1813 jamás lo olvidaré. Por mis conocimientos náuticos adquiridos en tiempos de marino en la goleta Begoña, tenía a mis órdenes una de las lanchas cañoneras destinadas a cuidar la bahía. Confiadamente, creyendo que estaba en poder realista, entró a sus aguas la fragata Thomas, al servicio del virrey. La dejé acercarse hasta chocarnos; en ese segundo crucial grité a mis hombres el abordaje. ¡Igual que leones treparon por babor! Enardecido, monté por estribor cuando, de la boca de un cañón, estalló un disparo; mi rostro se encendió, ardía el pelo, la barba me quemaba, enceguecido salté a cubierta disparando mi pistola y ensartando en mi espada cuanto enemigo se cruzó: la hoja de acero entraba y salía teñida de rojo. El botín fueron cincuenta mil pesos mandados por el virrey al general Antonio Pareja y su gran expedición reconquistadora. ¡Ah!, de esa cantidad, José Miguel Carrera me regaló mil doscientos pesos...

- ...Que le habrán servido para pagar la sanación de la cicatriz de la quemadura, desprendo yo.

- ¡Ironías de nuevo! Lo más terrible fue soportar el dolor y observarse el pedazo de cara arrugada como un estropajo. Con el correr de los días comienza a estirarse y adquiere el brillo de la luna hasta que se normaliza.

- ¿Y quién calmó tanto padecer? ¿Cómo se la borró?

- Secretos de la sabia naturaleza. Muy simple, obra de una machi amiga. Un soldado picunche la trajo de su reducto. Apenas me vio murmuró la solución: aceite humano. Existiendo tanto cadáver nada costaba obtenerlo. Durante meses lo usé hasta que fue desapareciendo la quemadura.

- Y la machi, ¿era bonita? Porqué usted, apuesto, alto, cabeza redonda, adornada de barbas, cabellos crespos y rubios, frente descubierta, tez fresca, ojos verdes, boca proporcionada, talla bien hecha, siempre tuvo fama de galán.

- Por favor no me saque de quicio. Tenga un poquito de tacto.

- Es que usted me prometió que hablaríamos de mujeres... Mejor continuemos. Por lo conversado, deduzco que hasta el término de la Patria Vieja en su carrera militar hubo tres hitos sobresalientes. Ya vimos el primero: Talcahuano. Aboquémonos esta vez al combate de Las Tres Acequias, que en jerga deportiva vendría a ser -y espero no contrariarlo- como el boxeo preliminar del brutal divorcio entre nuestros dos líderes más emblemáticos, acaecido semanas después en Rancagua, ¿correcto?

- Sí, y no me molesta. Podría, podría ser una correcta analogía.

# El Tantauco de Piñera

- Sin embargo, previo a entrar a esa refriega, puesto que mencionamos Chiloé, deme espacio para informarle que Tantauco, el sitio chilote donde usted firmó en 1826 el Tratado que selló la expulsión de los peninsulares, actualmente es propiedad del Presidente, el empresario Sebastián Piñera Echeñique, y se convertirá en un circuito de deporte aventura. ¡Qué tal!

- ¡Inverosímil! es el primer adjetivo que se me viene a la testa. ¡Jugarán donde nosotros combatimos!

- ¡Extravagante! pide cancha en mi mente. Por lo que sé, aprovechando esos escollos naturales, disputarán la competencia internacional Columbia Challenge.

- Está visto que nadie sabe para quién trabaja; en este caso, para quién batalla. Son las sorpresas que depara el progreso.

- ¡Lindo botín de guerra! Significa que todo cambia para que siga igual, y que El Cid no estaba equivocado con sus rotaciones de camisetas. Ahora sí, introduzcámonos en acequias turbulentas. Al hacerlo, please, trate de ser sintético. La visita guiada, al módico precio de $ 2.500, dura sólo dos horas y media.

- Pida entonces que le devuelvan el dinero, porque todo el tiempo ha estado aquí conversando conmigo. Del guía, cero aprendizaje… Costará ser breve ya que hay que contextualizar la situación.

- No se preocupe, yo ayudo: la gente ya sabe que para esos días de 1814 las reyertas entre O'Higgins y los Carrera eran pan de cada día. José Miguel y Luis, escapados de la cárcel realista de Chillán, se habían venido a Santiago. Indignados por el Tratado de Lircay, firmado por el director supremo Francisco de la Lastra con representantes monárquicos de Gabino Gaínza, procedieron a tumbarlo. Con una rabia razonable, pues el acuerdo desconocía las conquistas patriotas alcanzadas hasta ese instante, asumió José Miguel. Evento que agudizó la contienda interna por el poder, ya que

O'Higgins, junto con el general Juan Mackenna O'Reilly, también había signado el documento.

- Amigo, afine su lenguaje: él, con su rúbrica, olímpicamente pactó con el enemigo. Nos traicionó.

- Acepto la observación y aprovecho de reseñarle que usted ingresó al ejército en 1811; que lo hizo siguiendo la huella paterna en el Escuadrón Dragones de la Frontera; que al producirse Las Tres Acequias, en su corta hoja de vida uniformada figuraban brillantes participaciones, en medio de otras, en las batallas de Curapalihue, El Roble, Huilquilemu, El Quilo y anotaba un ascenso al grado de teniente.

- Tal era mi experiencia militar, pero, en esencia, en las contiendas me acompañaba mi amor a la patria, las ansias de libertad, el respeto a las instrucciones de O'Higgins y, por consecuencia, mi rechazo a los Carrera por sus irrefrenables ansias de mandato a cualquier precio. Sin embargo, ese 26 de agosto de 1814, al ver que pelearíamos bajo el estandarte español, mis simpatías por Bernardo comenzaron a debilitarse.

- Me gustaría que ampliara ese aspecto, que parece una acción repudiable.

- Lo del emblema, que para un soldado es trascendente, fue tan vergonzoso como el hecho de que Lastra haya abolido la bandera independentista hecha por Javiera Carrera.

- Para su hermano tiene que haber sido vejatorio, ya que ella con sus manos la había bordado. La primogénita, entiendo, arrogante, osada, trataba a Bernardo de El Huacho Riquelme.

- Así estaban las cosas cuando un cabildo abierto efectuado en Talca desconoció el gobierno de José Miguel Carrera y ordenó a O'Higgins marchar sobre Santiago. Horrible invierno; agua y barro en todos los senderos; mojados hasta los tuétanos; aproximados seiscientos hombres y media docena de cañones cruzamos por el este el río Maipo y arrimamos a las Acequias. Misión descabellada, pues los soldados carreristas nos doblaban y poseían mejor armamento. En un momento de la ardorosa lucha, enfrentamos a la poderosa Primera División comandada por Luis Carrera. Después de intenso cruce de fuego, agotamiento de municiones, luchas cuerpo a cuerpo, cadáveres sembrados, multiplicándome en diferentes frentes, con mi sable hice volar cabezas cual si fueran sandías. Sintiéndose derrotados, ellos se dieron a la fuga. A lo único que contribuyó esa victoria parcial fue para entusiasmar a Bernardo, que disparando cañonazos se lanzó en frenético ataque. Equivocada decisión. Su división fue rodeada y diezmada. Acribillaron su caballo. Sus escuadrones huyeron en desbande. Deshonrado, abandonó el campo de batalla en una cabalgadura facilitada junto a un centenar de sus soldados.

- Don Ramón, verdaderamente usted se pasó para ser corajudo. ¡Vaya forma en que enfrentó al enemigo y a sablazo limpio los eliminó! Está bien que fuera alto, atlético, astuto, pero el coraje no se vende en las boticas. ¿De dónde lo sacó? ¿Es heredado? ¿Posee antepasados gloriosos? A diferencia de O'Higgins, de quien abundan los datos biográficos, quizá porque era fruto de la relación amorosa de María Isabel Riquelme y Meza, perteneciente a una familia terrateniente chillaneja, con el gobernador que enseguida fue virrey; en cambio los suyos hay que buscarlos con lupa. Pocazo se conoce. Para qué estamos con cuentos, ¡sí parece que el huacho fuera usted!

- Sabe lo que ocurre: yo pertenezco a esos jefes que van al frente de las divisiones y somos de escaso hablar. Más nos agrada reflexionar sobre qué estrategia usaremos para vencer sin arriesgar la vida de nuestros soldados. ¿Por dónde quiere que parta?

- Muy fácil, por lo que está más cerca: por su actual casa mortuoria. Sospecho que si lo pusieron en este mausoleo se debe a que alguien de la familia Valdés es pariente suyo.

- De lo escaso que oí a mis viejos, le contaré un poco. La historia familiar es similar a la de los miles de peninsulares que llegaron a estas tierras arrancando de guerras, pestes, hambre, persecuciones religiosas. Durante la Colonia, en la Capitanía General dependiente del virreinato de Perú prosperaron económicamente y gravitaron en la naciente sociedad. La mayoría jamás dejó de ser realista: supieron engañar a los patriotas y pactar con los indígenas a los que incluso las autoridades permitieron mantener embajadores. Entraron a los gobiernos para defender riquezas y privilegios. A la mayoría, sus hijos revolucionarios les provocaron fuertes dolores de cabeza.


## La Madrísima

- Señor Freire, eso ya los conocemos. Sus raíces hispanas son las que interesan. Podrían atraer a sus biógrafos o a algún lector.

- Está bien, está bien… Hasta donde sé, mis bisabuelos Domingo Antonio Freire y Juana de Paz nacieron en el ayuntamiento de Pontevedra, Galicia, y se casaron en 1749. De esa unión nació mi abuelo Francisco Antonio Freire Paz, que fue traído a Santiago por su hermano Matías, enterrado aquí en 1773. Como está dicho, Francisco, en su condición de capitán, por pertenecer a los Dragones de la Frontera, peleó bajo las órdenes del entonces coronel Ambrosio O'Higgins, irlandés o escocés muy concupiscente, cotizado en la corte madrileña y después virrey peruano. De su matrimonio con doña Gertrudis Serrano y Arrechea, nacimos en esta capital mi hermano mayor, Ignacio, y yo.

- Bien mezquino su aporte. Con tan escasa información jamás sabré si su valentía la heredó de algún lejano antepasado guerrero de La Coruña. ¿Nunca le contaron quiénes fueron los primeros Freire que se instalaron en castros gálicos? ¿Con qué otra familia se mezclaron? ¿Quizás hasta tuvo un pariente lejano con título nobiliario?

- ¡Y qué me importa! En mi cabeza jamás hubo espacio para tamañas estupideces arribistas.

- Tranquilo, a lo mejor de su mamá extrae la fuerza telúrica que lo convirtió en Padre de la Patria.

- Jamás me gustó el terminito machista Padre de la Patria. ¿Por qué no Madre de la Patria? Fueron muchas las mujeres que en la Independencia arriesgaron sus vidas para hacer respetable este país y nadie las reconoce.

- ¿Quizás podría aportarme algunos datos maternos?

- Los que tengo, los guardo. Lo único que puedo decirle es que tengo agradecimientos para Manuel Serrano, tío coronel que me enroló como cadete; que por ahí hubo otro Serrano regidor; un Arrechea alcalde y años después un Ignacio Serrano que fue héroe en Iquique. En 1782, mis padres se casaron en la Catedral santiaguina. Ella fue una mujer extraordinaria.

- De eso tengo noticias. En un libro viejazo que me regalaron de Miguel Luis Amunátegui, creo que del 1853, la presenta como una notable patriota.

- Amigo, me ha tocado una cuerda muy sensible. Desde infante mi papá juró mandarme a estudiar a España; sueños que nunca se cumplieron. Mi madre trabajó muy duro en mi mantención. Por eso enloquecí cuando la encarcelaron en Penco, tiempo más tarde del triunfo de Maipú.

- El escritor que cité narra que por ser su fama de coronel sablista tan terrible y mortal entre los realistas, estos, para vengarse, apresaron y atormentaron a su madre.

- Fueron unos desgraciados, innobles. La encerraron en un calabozo lleno de basuras, ratones, miasmas, fecas; con dos cadáveres a quienes ella dio sepultura. Sin alimentos, con centinela de punto fijo, informándole que yo estaba muerto. Para máxima humillación, caminando la trasladaron a Talcahuano. Posteriormente, en un canje de prisioneros logré recuperarla. Mejor no sigamos, ¿conforme?

- Excúseme, no era mi intención… Pero debo volver a sus antepasados. Al captar la relación de don Ambrosio con don Francisco, de inmediato desprendí que fue maniobra del Destino que usted y

Bernardo siempre asumieran el rol de actores del mismo escenario emancipador. No deja de ser curioso el hecho que, entre 1769 y 1770, su abuelo haya compartido armas con el progenitor de quien a la postre fue su enconado rival.

- Estaría escrito y tenga en cuenta de que yo era casi diez años menor que él. Esa diferencia de edad hizo que creciera admirándolo y que en la adultez, obligadamente reflexivo y responsable, terminara defenestrándolo.

- Para llegar a tal contingencia política aún falta. No me ha dicho nada suyo, de su esposa, hijos, suelte la lengua.

- ¿Será importante? Algo le adelanté. Mi querido padre pronto colgó el uniforme y se trasladó a Perú. Dedicado a actividades comerciales navieras fracasó y falleció con el despertar del siglo decimonónico. Agobiada por problemas económicos, mamá Gertrudis, que acabo de nombrar, decidió que volviéramos a Concepción, su tierra natal, donde nos acogió el tío Manuel Serrano. Para ayudarnos a sortear el hambre, debí trabajar como dependiente de bodega en la casa de comercio de la familia Urrutia Mendiburu. Me aburría. Desdeñaba el quehacer rutinario. Mi cuerpo reclamaba acción. A los 16 años, creo que le expliqué, ávido de aventuras, me embarqué como sobrecargo en la goleta Begoña, que hacía cabotajes hasta el puerto de Callao.

- ¿Qué pasó con su hermano? Tengo la impresión de que algo se guarda...

- ¡Ah! Olvidaba indicar que a Ignacio le agradaron las costumbres limeñas. Tanto que permaneció junto al río Rimac, contrayendo vínculo con doña Rosa González: tuvieron un heredero. Desgraciadamente, mi ñaño falleció pronto. Su viuda entonces trajo a Nicolacito a Santiago y lo matriculó como cadete en la Academia Militar. Mi sobrino fue muy importante a lo largo de mi vida.

- ¿Y qué me va a cuentear de su familia?

- ¿Qué es eso de cuentear? Por poco me dice, qué va a soltar, aflojar, cuchichear. ¿Cree que está entrevistando a una modelo, un futbolista, un cantante?

- No se enoje. Tengo clarito que estoy frente a un prócer nacional. Al tiro cambio: ¿tendría la amabilidad de informar algo en torno a su saga familiar?

- Por el tonito parece que me quiere tomar el pelo. En fin, le especifico. Con mi amada Manuela Mercedes Caldera Mascayano, que cariñosamente me llamaba Moncho, tuvimos cuatro hijos: Juan Zenón, que fue diputado por San Felipe y casó con su prima María Mercedes García de la Huerta y Pérez; Liborio Ramón, senador, que desposó a María del Rosario, hermana de la anterior y ambas sobrinas del presidente José Joaquín Pérez. Enseguida vienen Francisco de Paula, diputado, y Amable, que formaron matrimonio con las hermanas Enriqueta y Elvira Valdés y del Solar. ¿Cree que a alguien le interesan estas boberías?


## Sobrina musical

- Sí, sí. El ius sanguinis aún gravita demasiado en Chile. ¿Se ha puesto a pensar por qué El Mercurio jamás ha eliminado sus páginas de Vida Social? Detrás de tanta foto añeja subsiste un trasfondo clasista. Permanece el objetivo de establecer qué familias encopetadas participaron en la creación de la nación.

- Lo cierto es que yo siempre desconfié del ambiente salonero de aquella época, en que al ritmo de saraos y saboreando mistelas los parientes urdían sombríos pactos. En todo caso, en su libreta escriba el nombre de mi sobrina Mercedes, de igual nombre que mi esposa y muy aficionada a las tertulias musicales. Ella fue cónyuge del viudo Cornelio Pérez Bustos y de ambos provino el compositor Osmán Pérez Freire.

- Vaya, vaya. ¡Curiosamente al músico ni los peritos artísticos lo asocian con usted! Se habla de sus premios internacionales en Argentina, Francia, España; de su canción el Ay, Ay, Ay; de su condición política balmacedista. Incluso existen antecedentes que, para el Plebiscito de 1925, cuando estuvimos a punto de guerrear con Perú por Arica e Iquique, él escribió marchas para envalentonar a nuestras tropas acantonadas en el norte.

- Por ahí escuché hablar que fue figura internacional, llegando a organizar a los compositores argentinos. Dicen que hasta el rey Alfonso XIII de España lo condecoró con la Gran Cruz...

- Con tanto dato desconocido que me entrega, confieso que me dieron ganas de escribir un libro. Sin embargo, nada me ha dicho de los vástagos que, murmuran, tuvo con su prima Carmen Serrano.

- ¡Otro golpe bajo! De conocer sus morbosas intenciones literarias habría guardado silencio. ¡Mejor cortemos el diálogo! Me retiro...

- Por favor... por favor, no se ausente sin añadir algo de este confortable sepulcro en que usted lógicamente ocupa la lápida central: "Capitán General Don Ramón Freire. Director Supremo. 9 de diciembre de 1851". ¿Fue idea suya que el panteón esté coronado por su esfinge?

- ¡No diga tonteras! Siempre me caractericé por la sobriedad. Otros fueron los militares figurones que posaban para los pintores. Como habrá apreciado, en los nueve nichos de mármol aparecen, entre varios, cuatro Freire: Francisco, Alfonso, León, Eliza y una Gertrudis Lyon de Freire.

- Los tenía anotados. Mas, lo que me llama la atención es que, pegadito a ustedes, lado norte, a ras de tierra, sin adornos ni flores, existe una tumba que reza Familia Caldera Mascayano, y que conteniendo restos de unos Caldera Torres, otros Gaete Caldera, con ningún rótulo anuncia a su esposa. Examinarla y pensar dónde estará ella enterrada fue instantáneo y me azotó otra desazón: ¿sus hijos o nietos no debieron hacerle un huequito en su regio mausoleo? Y a usted ¿no le habría gustado tener cerca los restos de su amada Manuela Mercedes Caldera Mascayano, vinculada al potente mayorazgo de los Toro Mazote?

- Amigo, usted es muy observador. Tristísimo lo que escucho. Confieso que no soy perfecto y asumo no haber reparado en el desatino familiar. Lo concreto es que nos sé dónde fue enterrada.

- Don Ramón, cumplo con el deber de informarle que su esposa no descansa en este campo santo. Reporteando llegué hasta el Registro General; revisaron libros antiquísimos; concluyeron que si no estaba en la tumba señalada, imposible que figurara en sus volúmenes. Lo siento.

- ¡Qué lástima! ¡Me habría gustado tenerla a mi lado! Le debo tanto. Si no fuera por ella me habrían fusilado en 1839. Se esforzó hasta que consiguió que cambiaran la sentencia por destierro.  No me acompañó a Australia para quedarse cuidando los hijos. Era una mujer excepcional. Incansable, insistió frente el gobierno de Bulnes hasta que me amnistiaron y pude volver. A mi muerte por cáncer en 1851, sufriendo una situación económica deplorable, luchó hasta conseguir una mísera pensión de gracia y la autorización para conservar la hacienda Cucha Cucha, próxima a los ríos Itata y Ñuble, que me fuera donada por servicios prestados a la patria.

- Qué duda cabe, una ejemplar esposa y consecuente. Mayor razón para que ambos descansaran juntos… Don Ramón, recuerde que tenemos pendiente la narración del tercer combate que consagró su arrojo militar, puso fin a la Patria Vieja y lo catapultó a la dimensión de leyenda. Llévenos hasta la ciudad heroica.


## Catástrofe rancagüina

- Es que ha sido escrito tantas veces. Los textos insisten en titularlo Desastre de Rancagua, más yo lo calificaría de catástrofe y resurrección patriótica…Tengo mis razones.

- ¡Qué bueno que quiera exponerlas! Para estar más cómodos, le sugiero sentarnos en este escaño. Acomódese…

- Parto diciéndole que para mí la situación ya estaba trizada…Trizada es muy suave: estaba rota de frentón. Desde 1810, O'Higgins y Carrera venían mostrándose los dientes. Apenas uno abría la boca el otro contradecía. No se tragaban y aspiraban a la misma banda presidencial. Como yo estuve junto a ambos, eso sí puedo opinarle que Bernardo, a pesar de sus trancas de cuna -le pesaba su condición de expósito- tenía más valores que un José Miguel obcecado por la gloria a cualquier precio y respaldado por su adinerada familia.

- Lo que señala ha sido ventilado con profusión.

- Se lo concedo. No obstante, lo que yo sí puedo testimoniar porque lo viví, es que el cataclismo ocurrido en Rancagua fue consecuencia directa del combate de Las Tres Acequias. Aquello fue una tragedia entre hermanos de la misma sangre: patriotas contra patriotas. No chilenos contra ejércitos españoles que a sus filas incorporaban indígenas, bandidos, cuatreros y campesinos sometidos. Cubiertos de lodo quedaron cientos de cadáveres de carreristas y o'higginistas como inocentes testigos de la rivalidad entre dos caudillos. Para mí, ahí empezó a fraguarse un odio cerval que no descansaría hasta los asesinatos múltiples de Mendoza.

- Bah, yo tenía entendido que luego hicieron las paces. No en vano, Bernardo reconoció el gobierno de José Miguel y aceptó el nombramiento de general para enfrentar al ejército realista de Mariano Osorio que avanzaba desde el sur.

- Sí, sí, y diría que Bernardo, pensando en la patria, con humildad superó la humillación de Las Acequias. Pero la concordia fue breve: ¿Dónde enfrentar a Osorio?, fue la envenenada divergencia. Mientras Carrera escogió hacer la resistencia en Angostura de Paine, instalando su cuartel general con una División al mando de Luis, el chillanejo escogió Rancagua. Ciudad que semanas antes había estado resguardada por una Compañía dirigida por Juan, el otro hermano. Ante el veloz y fulminante avance de las tropas realistas, en una maniobra desesperada recibimos la orden de ocuparla. Disponíamos de 4.000 soldados armados con inmensas dificultades. Osorio levantó campamento a dos leguas y desde ahí nos acosó, instándonos a la rendición. Su oferta-ofensa la rechazamos e izamos la bandera chilena con un crespón negro en señal de que lucharíamos hasta la muerte.

- ¿Y qué pasaba con los hermanos Carrera?

- Ya le cuento. Calle a calle, metro a metro, cuerpo a cuerpo, se desarrolló la encarnizada lucha. Nos apertrechamos en la plaza. A cada embestida española, nuestros soldados respondían entregando sus vidas. Fue una masacre que duró 36 horas. Resistimos hasta el anochecer. Nos cortaron el agua de los arroyos; con orines enfriábamos los cañones. Bernardo pidió municiones y ayuda a José Miguel. Al amanecer, por las cuatro vías que desembocan en la plaza triplicaron los ataques realistas. Los refuerzos no llegaron; supimos que una división enviada a socorrernos, en una deslealtad criminal, optó por devolverse antes de ser aniquilada. Los muertos se amontonaban… Bernardo, superado por la tragedia, ordenó la retirada con medio millar de sobrevivientes, de los cuales pocos se salvaron.

- Significa que por defender la patria se inmolaron más de tres mil hombres. Héroes ejemplares. Pero, ni una palabra ha expresado de su hazaña transformada en mito. Cuéntenos algo…

- No me corresponde. Los niños de las escuelas la conocen de sobra y eso es suficiente. Si digo algo, los historiadores carajos me tratarán de cachetón y mentiroso. Dejémoslo como está.

- Don Ramón, su silencio es injusto; me está entregando la responsabilidad de actualizarle que ese día usted salvó la vida de O'Higgins. Al estar ya todo perdido, ardiendo la plaza por los cuatro costados, en la desesperada huida, instantes en que les caían encima cientos de realistas dispuestos a destrozarlos, usted lo cubrió con su cuerpo y el de algunos soldados, abriendo un forado en el estupefacto murallón enemigo.

- Sabe, a veces aquellas imágenes me llegan como una pesadilla. ¡Estuve en tantas batallas! Por la patria, maté, maté, maté. En las guerras, matas o te matan.

- Su leyenda narra a su favor más victorias que derrotas. Para lo de Rancagua tenía 27 años: plena juventud y sueños. Lo imagino dueño de la velocidad de Usain Bolt; disparando con la puntería de Guillermo Tell; atlético a lo Tarzán, o si quiere como Tomás González; cabalgando a lo Alberto Larraguibel; diestro con el sable igual que el samurai Bruce Lee y armado con la coraza generosa del padre Puga.

- Como una chirigota acepto la comparación y, no estando acostumbrado a estas largas charlas, al divisar que se asoman de regreso los turistas -seguramente este frío seco de julio los correteó- aunque se sonría, me iré a acostar, a descansar…

- Perdón, perdón, no reparé en la hora. ¡Estaba tan entretenido! Sólo le robaré un minuto. ¿Verdad que enseguida del Desastre los realistas de Santiago recibieron con fiestas al ejército de Mariano Osorio y que José Miguel quería trasladar la resistencia a Coquimbo?

- Efectivo; y Bernardo de nuevo lo contradijo. Sobre la debacle empezaron las represalias y persecuciones. Horas miserables, únicamente superadas con la ayuda de los mendocinos que enviaron mulas con víveres para que cruzáramos la cordillera.

- Noble acción de los cuyanos. Aunque es útil recordar que en 1811 nosotros hicimos otro tanto al ayudar a la Junta de Buenos Aires, amenazada por los realistas de Montevideo y Alto Perú. En su auxilio mandamos 400 hombres que llegaron hasta el Río de la Plata para apoyarlos. Muchos encontraron la muerte.

- Sí, fue una oportuna vuelta de mano en horas en que fallecía la Patria Vieja. Etapa, como dije, que dio paso a la mayúscula resurrección independentista fabricada en tierras argentinas. Es contradictorio pero, sin cadáveres rancagüinos, no habría nacido el grito de la redención patriota. Ahora sí que me retiro a mi féretro privado…

- Y ahora sí que lo invito a postreras reflexiones. En sus paseos fuera del panteón, ¿conversa con algunos vecinos? ¿Prefieren la medianoche para realizarlas? Del mismo modo que los vivos celebramos en noviembre el Día de los Muertos, ¿ustedes en otra jornada no festejan el Día de los Vivos? Dado que siempre habrá finaos lachos, ¿imposible que prosperen romances entre difuntos fantasmas?

- ¡Por su fijación sexual deduzco que es soltero! Su cuestionario no me deja indiferente. Lamentablemente las reglas del cementerio son muy estrictas. Tenga presente que Chile fue siempre un país de leyes y reglamentos. ¡Si los venden en las calles! Creerá que prohíben las charlas entre nosotros. Si lo hacemos nos quitan el permiso para parlotear con los turistas durante las visitas. ¿Romances? Imposibles. ¿Noches de fiestas? Ni que hablar. En camposantos europeos y gringos hay mucha más libertad.

- Colijo que no pueden solicitar traslados.

- ¡Está loco! A uno lo enterraron aquí y en sus dos metros cuadrados tiene que permanecer hasta el día del Juicio Final o la Reencarnación.

- ¡Y tan seductor que es el verso inventado por Luis Barros Méndez -poeta, abogado, ministro del gobierno de Germán Riesco-, que está estampado en el frontis!:

*Ancha es la puerta pasajero avanza/ y ante el misterio de la tumba advierte/ como guardan el sello de la muerte/ la Fe, la Caridad y la Esperanza/*

- ¿Verdad que incita a apurar el tranco para venir a dormir el sueño eterno en la necrópolis fundada por su amigo Bernardo en 1821, sin que él pispara que algún día le serviría a usted?

- ¡Dele con los sarcasmos! Así será, pero sólo Dios ordena en que minuto debemos cerrar el ataúd por dentro.

- ¿Y a qué Dios invoca usted: Krishna, Buda, Zoroastro, Alá, Hermes? Porque se especula que usted era masón.

- ¡De dónde lo sacó! El que habló faltó al mandato de discrecionalidad absoluta.

- Sinceramente, creí que me ayudaría a descifrar el misterio: católico o masón. Entre sus biógrafos las opiniones se dividen.

- Pues seguirá la incógnita. No tengo nada que agregar.

- ¿Y qué pasa si le menciono ciertos términos del lenguaje simbólico que alguna vez manejó?

- Mantendré el silencio. Mi conducta no variará.

- No se preocupe, en tiempos del tercer milenio sus hermanos están más abiertos, el secretismo se ha relajado.

- Ahora sí que colmó mi paciencia. No lo aguanto más. Si tanto le interesa el tema, siendo periodista sabrá qué columnas batir, qué cuadrado escoger, cuáles puertas abrir para encontrar referentes. Buenas noches y, por favor, no golpee más la reja para molestarme…

# CAPÍTULO DOS
# LAS BÚSQUEDAS

## El Iniciado

Varios días el periodista meditó la reciente vivencia mortuoria sintetizada en el contrapunto existir y fallecer.

A pesar de sus intentos por homologarlos, en su magín el sustantivo vida superaba a muerte. Se sintió afortunado de haber conversado en vivo y en directo con el prócer. Lo encontró vivaz aunque cauteloso al tratar su fama de vividor y Don Juan. Nada de vivaracho al analizar a sus contrincantes, aunque reservado frente a ciertos pasajes existenciales. Capaz de agudas vivisecciones políticas. Calificó de vivificante la experiencia y lamentó que no hubiera cerca un vivandero para haber brindado juntos por la vida.

Empeñado en poder revivir posteriormente la conversación en la necrópolis, en la indagatoria por saber la verdad en torno al color filosófico del héroe, siguiendo su airado consejo, una mañana invernal orientó sus pasos hacia el Club de la República en calle Marcoleta.

- ¿En qué puedo servirlo? ¿Necesita información?, fue la amable acogida del recepcionista.

Confundido, tragándose su ignorancia masónica, católico por tradición, profano por inercia, al venírsele encima el impresionante mural del hall de recepción, lo apabulló la cascada de símbolos exhibidos en la creación artística de Fernando Daza Osorio, autor también de la obra a Gabriela Mistral en el cerro Santa Lucía. Puesto que nada entendía, al dar cuenta del objetivo de su visita, solicitó ayuda al empleado para intentar comprender los signos trazados en 200 metros cuadrados de cerámica:

- Su título es La Búsqueda y tiene por centro al Hombre representado en distintas circunstancias de su formación masónica: las piedras toscas simbolizan su tránsito al perfeccionamiento; el mosaico blanco-negro la tolerancia, la dualidad; su cabeza es la cámara de reflexión constante; el embrión en la bolsa materna, su renacimiento al ingresar a nuestra institución; la escultural mujer, que seguro le llama la atención porque se nos tacha de machistas, es la expresión universal de la belleza.

- Algo voy captando, pero sigamos con el compás y la escuadra marcados en el piso…

- Debido a que impartírselo sería más complejo, dejémoslo hasta aquí. Acompáñeme.

Sin trámites burocráticos, lo condujeron hasta el Museo de la Gran Logia, emplazado en una planta inferior. Resplandeciente, igual que recién inaugurado. Un cófrade lo instruyó en torno a su misión patrimonial, la tarea docente y perfeccionista, el humanismo de sus labores. Además, tributo de amistad con potencias masónicas extranjeras, le mostró sus joyas más preciadas: monedas, bandas, collares, espadas, mandiles. Una inmensa variedad de piezas exclusivas, como un bastón de fina madera con una empuñadora de marfil, figurando una mano que en su dedo anular llevaba un gran anillo negro. Aparte de documentos originales, diplomas, certificados, fotografías.

- Todo es fabuloso, pero a la hora de escoger me quedo con la esfera de oro alemana que al abrirse, mediante un ingenioso juego de goznes, se transforma en una cruz esplendorosa. ¡Invaluable! Señor, lo cambio de asunto: me podría hablar de los presidentes masónicos que han tenido.

- Encantado. Aunque la lista es muy larga: O'Higgins, Allende, Arturo Alessandri, Aguirre Cerda, Lagos, Carrera, Blanco Encalada, Pedro Montt, Pinto, Ríos…

- ¿Efectivo que después del Golpe militar se cerró la Logia Hiram
N° 65, a la que pertenecía Salvador?

- Así es. Él llegó a ser Maestro y se había iniciado en 1934 en la
Logia Progreso N° 4 de Valparaíso. Con el regreso de la democra-
cia la Hiram volvió a trabajar.

- ¿Y qué pasa con Freire que lo omitió?

- ¡Puchas! Se me había olvidado.

- Es el problema de don Ramón: siempre lo postergan. Está bien
que olvide a Pinochet, pero…

- Señor, el dictador nunca fue masón. El que intentara serlo y fuera
apadrinado es otra cosa, pero lo rechazaron… Ahí, junto a la esca-
lera tenemos una galería fotográfica de personajes…

No sólo mandatarios posaban en colores para la historia.
Por igual aparecían científicos, escritores, artistas, pedagogos. El
grabado perteneciente al héroe poseía la lectura:

*Ramón Freire Serrano 1787-1851. Director Supremo de
Chile entre 1823 y 1826. Presidente Provisional de Chile en 1827.
Iniciado y miembro de la Logia Lautaro.*

Tal antecedente impulsó al periodista a retomar el diálogo
con el funcionario. Reticente al comienzo, luego recitó:

- Por lo que yo he averiguado, Freire tuvo su primer acercamiento con la masonería al llegar a Mendoza de vuelta de sus corre-
rías de pirata por puertos latinoamericanos. Aún todo el quehacer intelectual estaba en barbecho y aquellos, de mejor situación
social, que estuvieron estudiando y combatiendo en Europa, más
evolucionados, se juntaban secretamente en una sociedad mentada
Los Caballeros Racionales: piedra angular de la posterior Logia
Lautarina. El general San Martín lo habría invitado a formar parte
como Iniciado. Cabe destacar que Carrera se había iniciado en la
R.L. San Juan N°1 de Filadelfia, Estados Unidos, y O'Higgins, con

Francisco de Miranda de padrino, en la Gran Reunión Americana de Londres. Juan Martín de Pueyrredón, Balcarce, Benavente, Vera y Pintado fueron hermanos relevantes.

- Gracias, por igual, seguramente, le enseñaron que fue idea de San Martín poner Lautaro a la logia chilena. Hábil decisión política, buscando el apoyo criollo. ¿De las disputas que, a posteriori, tuvo Carrera con otros hermanos uniformados, está al tanto?

- Nuestros principios y postulados nos impiden referirnos a tales circunstancias.

- Lo entiendo, pero algo habrá oído acerca de que el asesinato de Manuel Rodríguez fue resultado de una conspiración entre jefes masones argentinos y chilenos que lo veían como un insurrecto capaz de reemplazarlos y dueño de valiosas influencias en la clase alta.

- A nivel de profano, únicamente me he enterado de la intriga de Tiltil.

- Entonces también sabrá que previo a matarlo, para alejarlo del país, le ofrecieron cargos diplomáticos en el extranjero y que los rechazó.

- ¿Es cierto que tenía 33 años, la edad de Cristo?

- Menos sabrá que a Ramón, líder de similar calibre al de José y Bernardo, le perdonaron la vida nada más que por su condición masónica. Fueron los hermanos argentinos, admiradores de su valentía, conscientes de su popularidad entre las tropas y su intachable conducta administrativa, quienes se opusieron a su degüello. Corra la voz entre sus cófrades.

- Esas son materias que sólo se comentan bajo mallete. Hasta luego.

- ¿Y qué explicación tienen para el asesinato en Mendoza de José Miguel Carrera en septiembre de 1821, pleno gobierno de O'Higgins? ¿Jamás le hablaron del quiebre interno que vivió la Logia? Siendo ambos masones, ¿cómo es posible que aparezcan hermanos de alto grado involucrados en su asesinato?

La presurosa retirada del empleado fue la respuesta a tales cuestionamientos. Al salir del edificio y replantearse interrogantes frente al artístico y hermético mural no pudo evitar juzgar:

Dirán que están actualizados, más las persecuciones, ofensas, infundios y la carga del peso de los siglos los sigue haciendo cautelosos.


## En las irmandiñas

Ya en calle Santa Rosa, cerca del mediodía, al llegar a la Alameda, el reportero aprovechó la proximidad de la Biblioteca Nacional para continuar saciando sus inquietudes relacionadas con el origen gallego de su titán patriota. El espacioso Salón de Investigadores fue el centro de sus operaciones:

- Guapa señorita, y no miento al adularla, ayúdeme: España es mi norte, los orígenes de apellidos gallegos mi desvelo. ¿Qué me recomienda?

- Caballero, hoy es su día. Mis apellidos Sierra Yáñez vienen de esos parajes cantábricos. Por lo tanto, aprovechando mi trabajo, algo me he interiorizado en el asunto.

- ¡Esta sí que es suerte! ¿Y de qué parte de Galicia?

- Al escuchar el nombre, seguro se va a reír. Mis abuelos vinieron de Chaguazoso…

- ¿De dónde? ¿Existe algún pueblo con ese nombre? Me está tomando el pelo.

- Por cierto que existe y no se mofe. La aldea pertenece a la zona de Las Frieiras, pegadita a la frontera con Portugal, y de allá vinieron muchos dueños de las panaderías existentes en barrios santiaguinos… Parecía más serio, usted. ¿Qué autor quiere consultar: Barreiro Fernández, Vilas Nogueira, López Ferreiro…

- No se ponga brava. No arrugue sus bellas facciones. Sus lentes le dan un toque intelectual irresistible. Su erudición me abruma. Lo mío es muy puntual: las raíces del apellido Freire.

- Entonces le iré a buscar la Historia de Galicia que redactaron Bermejo, Pallares, Vásquez y Villares.

En un par de minutos sus dedos giraban las trescientas páginas del libro. Las devoró. A la antigua, en una libreta apuntó, rayó, borró, garabateó. Pidió otra obra que no satisfizo su apetito investigativo. Una más lo complació e incentivó a ir hasta el mesón central:

- ¡Esto sí que es grande! Usted, yo, la gente, todos estamos equivocados. ¡En estos libros que me acaba de pasar afirman que el apellido Freire no es gallego!

- ¡Imposible! Hasta yo, siendo ignorante, siempre al villorrio Frieiras lo asocié con ese gentilicio.

- ¡Bueno! Humano es errar… Déjeme leerle: El apellido no es gallego ni mucho menos portugués. Es celta. ¡Escuche! Celta. Su raíz se encuentra desde los años cero en la zona de los montes de Forez, cerca de Lyon, en Montbrison, en las riberas del río Ródano. El gentilicio originalmente era Freyria. En el siglo V, cuando llegaron los francos a la Galia, sufrió la adaptación a nuestra lengua. Posteriormente, fueron los príncipes de Borgoña los que partieron a Galicia; en esa comitiva iba un Freyre del cual desciende la estirpe. ¡Qué me dice!

- Qué le puedo decir. Mi curiosidad en la materia jamás dio para tanto.

- La comprendo y perdone mi torpeza. Es que de un texto anterior había obtenido otra reseña. Explicaba que Freires era el apodo usado por los Caballeros de la Orden del Templo de Salomón para denominar a sus guerreros y sacerdotes. Un dragón estaba representado en su escudo familiar. ¿No se llamaba Dragones de la Frontera el regimiento en que combatió papá Francisco Antonio? La explicación era más simple. Déjeme buscarla…Sin darle tiempo a reaccionar, exclamó: ¡Aquí está! y se puso a leer:

*Hay coincidencia en su remota antigüedad procedente de uno de los cinco caballeros traídos en su armada a La Coruña por el conde don Mendo de Rausona, hermano de Desiderio, último rey de Lombardía, nacido el 710, muerto el 786, para combatir con los moros. Entre los Beltrán, Trosantos, Ambía, Marinas o Mariñas, venía Gomes de Freire, tronco del linaje. Pronto, en matrimonios y compromisos se mezclaron con los Andrade, conformando una familia dueña de fueros y privilegios ganados por servicios prestados a reyes y nobles...*

- Señor, por favor, no siga. Yo estoy trabajando. Me expone a que me llamen la atención. Le ruego que vuelva a su asiento…

- Excúseme: tiene la razón. Amiguita, un último favor: la pasta de mi lápiz BIC se agotó, please, présteme uno…

Disciplinadamente, como escolar que recibe una reprimenda, retornó al gran escritorio del salón apto para ocho lectores. Saltando la hora de almuerzo, a ratos sólo en el luminoso hemiciclo, despreocupado de los cuadros dedicados a figuras literarias, con su mejor letra dejó constancia en sus papeles:

Ya en Galicia, los Freire unidos a la familia Andrade adoptaron su escudo ibérico y desecharon el francés. Bermudo Freyre de Andrade dejó tres hijos: Ruy Pérez Freyre; Bermudo o Bernuy Freyre de Andrade y Nuno Freyre de Andrade. Los Freyre con y griega descienden de Bermudo y los con i latina de Nuno. Ruy y Bernuy integraron la Orden de Santiago. Mientras Nuno, Comendador de la Encomienda de la Barra, contrajo matrimonio con la hermana del rey de Portugal.

Testimonio de su prosapia consta en la iglesia gótica Santa María, levantada a metros de la plaza de Betanzos, que guarda un impresionante sepulcro de granito. Depositado sobre las figuras emblemáticas de un oso y un jabalí; metro treinta de alto; en su cubierta luce la escultura de un caballero templario de espaldas, sosteniendo entre sus manos una gran espada. En su escudo aparece un par de búhos; al pie en letras góticas, "Freire d. Andrade" y a un costado, en una columna la inscripción:

*"Aquí yace Freire de Andrade hijo de Ruy Freire de Andrade, +1332, quien en tres matrimonios tuvo cinco hijos más (...)"*

Al cabo de siglos de luchar en innumerables combates: contra los sucesores mahometanos de Tarik, defendiendo banderas de reyes y duquesas, al servicio de déspotas encomenderos o en la guerras irmandiñas gallegas, colocando sus armas al servicio de nobles explotadores que reprimían las justas demandas del empobrecido campesinado, los Freire Andrade adquirieron categoría de Caballeros de la Banda (1330) y dejaron para la historia castillos en Ponte Deume, Ferrol, Villalba, actualmente utilizados como centros culturales.

En el relato de esta familia, que creciera aspirando brisas del mar nórdico y relaciones con las cortes de Portugal, existe una leyenda digna de consignarse. Uno de sus miembros, Fernán Pérez Freire de Andrade, estando al servicio del rey Enrique II de Castilla, en guerra con su hermano Pedro, al verlos luchar a muerte en su tienda y quedar su protector abajo, él saltó en su defensa y lo salvó expresando la célebre frase:

*"Yo no quito Rey ni pongo Rey, sino libro a mi señor".*

El mito narra que Enrique después mató a Pedro y que recompensó la acción del súbdito otorgándole título de conde y el correspondiente condado.

Previo al cierre del establecimiento, con decenas de páginas llenas de datos para analizar, el investigador se despidió de la atractiva bibliotecaria:

- De rodillas pido disculpas por mis torpezas. Para agradecer su inmensa comprensión, por lo menos, déjeme invitarla a un cafecito.

Ella, aunque rechazó el convite, le regaló su email, teléfono y con sugerente sonrisa adicionó:

- Ojalá que su tiempo haya sido provechoso.


## Con Almagro y Valdivia

La ciudad empezaba a ser presa de oscuros nubarrones, presagiadores de lluvia. Al asumir el cronista la decisión de desentrañar su tercera tarea: ¿quiénes fueron los Freire pioneros en hoyar estas tierras?, tomó cuerpo la certeza:

No cabe duda que por las venas de don Ramón corre sangre contaminada por el temple de esos guerreros celtas, franceses, gallegos y, por qué no, portugueses.

Satisfecho por los datos obtenidos, orientó sus trancos en pos de la Sociedad Chilena de Historia y Geografía. En calle Londres, una de las adoquinadas arterias curvas, a metros de la iglesia San Francisco quedaba la antigua casona de tres pisos.

El emblemático sector de estilo europeo había sido construido en años de crisis de la congregación franciscana, obligada a vender 30.000 metros cuadrados de terrenos. Siguiendo los principios del urbanista francés Camillo Sitte, connotados arquitectos diseñaron en la década de los años veinte casas de singulares fachadas y balcones: Ricardo Larraín Bravo, Eduardo Knockaert, Alberto Cruz Montt. En una de ellas, aledaña a la que Nemesio Antúnez viviera su infancia, se ubicaba la sede.

En el segundo piso, mirando las fuertes vigas de madera y algunos desteñidos gobelinos, el periodista debió aguardar una hora el cumplimiento de la cita acordada. De la impuntualidad del personaje lo advirtió varias veces la longeva empleada. Valió la pena tanta espera. Escuchó el rechinar de las bisagras de la puerta y luego el lento ascenso de un archivista octogenario. Amplio y pesado abrigo negro, encorvado, calvo, lentes de grueso marco, sin saludar entró a su amplia oficina digna de película de misterio. Al décimo minuto, gruñó:

- Ya puede pasar…Cierre la puerta: hay corrientes de aire.

Las murallas tapizadas de armarios con vetustos tiestos; escasa iluminación de un par de lámparas amarillentas; diplomas ininteligibles por el polvo; en las esquinas sillones de gastado cuero: un mesón barnizado caoba de cuatro metros de largo por dos de ancho lleno de libros y archivos:

- ¿Qué apellido le interesa?, disparó con voz casposa sin inquirir identidad del averiguador. Al escucharlo ingresar se levantó, giró y con la vista recorrió las casillas de un armario:

- Ayúdeme a sacar este mamotreto, solicitó.

El libraco empastado en gruesas tapas de cartón pesaba unos cuatro kilos y, desplegado, medía más de un metro. Calzó bota-mangas y guantes; cuidadosamente fue girando las páginas manuscritas en tintas azules, verdes, negras, a punto de desintegrarse. Hablaba solo, se afirmaba las gafas, bufaba. Jubiloso, de repente lanzó:

- ¡Aquí está! ¡Sabía que lo había visto! ¿Tiene papel? Escriba.

En el siglo XVIII llegaron a Chile varias personas de apellido Freire, que a pesar de ser de Galicia no estaban entroncadas con los Andrade. Podríamos mencionar a Sebastián Freire Campos, natural de la villa de Neira, hijo de Amaro y María, que en 1776 contrajo matrimonio en Santiago con María González. También arribó Manuel Freire Farías, sevillano, que en 1758 casó en Valparaíso con María Astorga Aranico. Sin embargo, en todos los certificados figura don Diego Freire, oriundo de La Coruña e hijo del Maestre de Campo Pedro Manuel Freire de Andrade y Manuela de Sotomayor, como el primero en residenciarse en tierras de Chillán. Siendo capitán de ejército combatió en las campañas de Arauco y consagró enlace con doña Rosa Viterbo de Rioseco y Espinosa, de cuyo matrimonio nacieron sus hijas Juana, Rosa y Josefa.

- ¿Listo? ¿Tomó notas? Como lo veo tan interesado en el asunto -dijo con un dejo paternal- le regalaré otro fundamento que no está en este libro, pero confirmable en cuadernos que conserva el Ejército. En su nómina de los conquistadores españoles de Chile del siglo XVI, entre 754 individuos figura un Francisco Freire. ¿Qué le parece? En cuanto a don Ramón…

- No, no se moleste, ya sé que él desciende directamente de los gálicos Freire y Paz y, según mis recientes indagaciones, su rama se desprende de la de Nuno Freyre de Andrade, fundadores de la casta patricia.

- ¡Y de dónde sacó eso! Vamos a discrepar. El montón de actas y partidas que he revisado señala lo contrario. En Chile los descendientes de los nobles son los Freire Rioseco y vendrían de la Casa del Conde de Villalba. Le concedo, eso sí, de que en aquellos tiempos hubo tanto trasvasije sanguíneo que ninguna mezcla es excluyente.

La primera reacción del cronista fue rebatirlo, mostrarle su libreta llena de apuntes. Observó que el anciano abría nerviosamente otros libracos. Dejó transcurrir treinta segundos y luego de agradecer, bajó los peldaños tarareando irónicamente el vals peruano de Luis Felipe Pinglo:

*Mi sangre aunque plebeya también tiñe de rojo/ ella de noble cuna/ yo humilde y plebeyo/ no es distinta la sangre ni es otro el corazón/ (...)*

## Monumentos: pobreza y derroche

Motivado por las revelaciones obtenidas, tomó la decisión de volver al día siguiente al cementerio a reiniciar el diálogo con el glorioso Teniente Coronel. Empero, en la noche vino a su cabeza la idea de ubicar su monumento en la Alameda para hacerle una fotografía y después mostrársela.

*Le va a gustar.* Seguro que no se ha visto nunca en traje de metal, mirando altivamente al horizonte, posando arriba de un pedestal. Y así lo tengo grato.

Recorrió varias cuadras céntricas averiguando. Lo miraban como pájaro raro. Nadie sabía de su existencia:

- ¿Es para un concurso? ¿En qué canal lo van dar? De repente, en el bandejón central existente frente al edificio Entel se topó con un recolector de cartones:

- Del caballero que me pregunta no tengo idea, pero al lado de mi carpita hay una estatua. Mis quiltros siempre pasan por ahí a miar y cagar. ¡Échele una miradita por si acaso!

A dos metros del benemérito personaje, el hombre en situación de calle no sólo poseía una carpa. Colchón, cocinilla, balones de gas, sillones desvencijados, mesas cojas, pisos, diarios, gatos, platos, botellas, ropa secándose constituían su hábitat.

Cubierto por ramas de frondosos árboles, desde la distancia no se descubría el monumento. Sucia, manchada, rayada por grafitteros, con excremento de palomas, fétido espacio, demostraba que no sólo los animales la usaban de urinario. Indigno de un Padre de la Patria que, en el presente caso, por su heroicidad suprema podría ensalzarse como Padrísimo. De seguro que su autor, el escultor inglés Kingston Mason, que lo representó de pie, con su uniforme de parada, jamás imaginó tal desastre. Fundida en bronce en septiembre de 1856, a cinco años de la muerte de Freire, fue la primera estatua erigida en la Alameda. En la placa que ostentaba se leía con dificultad:

*La Unión Americana, La Unión Liberal a Freire, el héroe. Aquí se alza el héroe noble que amó a su patria, que le dio victorias, Rancagua, Concepción, Maipú, El Roble. La envidia el filo de sus dientes mella, encienda el pueblo su entusiasmo en ella y muda faz al contemplar doble. Déspota nunca, siempre ciudadano, no fue su vía la ambición menguada, los espectros que acechan al tirano nunca durmieron en su pura almohada.*

Defraudado por el penoso estado de la escultura, el reportero, tal como se lo propusiera, procedió a tomar fotos. No alcanzó a disparar seis veces cuando se le fue encima el cartonero:

- ¡Que te hai imaginado, huevón de mierda! ¡Anda a tomarle foto a tu abuela! ¡Querís hacerte famoso a costa de los pobres!, fueron sus epítetos más suaves.

Pensando, soldado que arranca sirve para otra batalla, apresuró la retirada y aterrizó en la Plaza de la Ciudadanía frente al palacio La Moneda.

El mausoleo, construido con mármol blanco de Carrara dedicado a Bernardo O'Higgins lo epató. Refulgía la obra funeraria concebida por el escultor italiano Rinaldo Rinaldi. La prestancia de la guardia permanente invitaba a los turistas a fotografiarlo. Se enteró de que cuando fue inaugurado en 1872 por el presidente Federico Errázuriz hubo desfile de varias guarniciones y en la noche lanzaron fuegos artificiales. Además, la admiración militar hizo que durante la dictadura, en 1978, se transformara en epicentro del complejo arquitectónico Altar de la Patria y que en su subterráneo construyeran una cripta que alberga sus restos.

A fuerza de tener que compararlo con el calamitoso monumento dejado atrás, mordiéndose los labios, giró en torno a la obra. Su creación exponía a un O'Higgins radiante en el instante en que, con su caballo, atraviesa sobre un enemigo derrotado de las tropas realistas en la Batalla de Rancagua de 1814.

Indignado por la falsedad histórica que lo representaba, sin Freire protegiéndolo, rumió: ¿Le narraré esta infamia? Dolido, optó por no contemplar los cuatro bajo relieves del escultor nacional Nicanor Plaza que completaban la instalación. Se mandó cambiar maldiciendo:

¡Cómo es posible que las autoridades del Ministerio de Defensa permitan que a un prócer lo cuiden cual millonario y al otro lo traten igual que a un pordiosero!

# CAPÍTULO III
# AFLORAN LOS ODIOS

## La siesta del guerrero

Pasadito las dos de la tarde, habiendo almorzado una gorda completa y un shop negro en la Fuente Alemana de Plaza Baquedano, el periodista caminó hacia avenida La Paz.

Al revisionar la acogedora cuarteta de Luis Barros Méndez: *Ancha es la puerta, pasajero avanza (...)*, brincó a su mente la frase que Raúl Zurita elucubrara para nimbar el Mural de los Detenidos Desaparecidos existente en la entrada al camposanto por Recoleta. Dos poetas de distinta pluma, convocados por la muerte, escribiendo para épocas disímiles: placidez y resignación en la letra del decimonónico; dolor y compromiso en el contemporáneo:

*Todo mi amor está aquí y se ha quedado pegado a las rocas, al mar, a las montañas.*

Asimismo, sendos escenarios aparecían contrastados para sensibilizar a los deudos acompañantes de los funerales. Portal cuádruple, amplia recepción de alta cúpula en el fundacional; en el recoletano, una extendida plancha marmórea con nombres de los caídos en 1973, más las gigantescas cabezas pétreas de un hombre y una mujer mirando al cielo. Esculpidas por Francisco Gacitúa, invitaban a rememorar testas de la cultura olmeca.

Al recorrer la lista grabada en el Mural, el nombre José Freire Medina, 20 años, fallecido el mismo 11 del trágico septiembre, lo hizo recapacitar: ¿habrá inspirado su vida en el general Freire para actuar tan valientemente?

Escogiendo la hora de la siesta, había decidido reiniciar el diálogo histórico que quizás lo llevaría a la redacción de un libro. Confiaba que en ese costumbrista lapso remolón encontraría quietud y silencio. A alguien había escuchado decir que en ese horario los muertos a veces aceptaban conversar. Ni un alma alrededor, al pararse frente al mausoleo. Como corresponde, los funcionarios reposaban. Solo la helada brisa invernal meneando las ramas. Con timidez puso su cabeza entre las rejas del portón, enfocó su vista en la lápida central y murmuró:

- ¡Psh, psh! Mi general, perdone que lo moleste, que lo despierte.

Luego de varios intentos fallidos, abatido, con una moneda raspó los barrotes. Se identificó:

- ¡Psh, psh! Por si acaso, soy el periodista de la otra noche. Concédame un minutito no más y lo dejo tranquilo.

El mismo resultado, con la diferencia de que esta vez un centenar de palomas se posaron sobre el panteón, provocando con su arrullar un coro polifónico de cadenciosos matices. Breve lapso dando paso a un ruidoso aletear que lo asustó. Imaginó que las avecillas empezaban a girar en torno al panteón, arrastrándolo en su ejercicio aéreo. Aturdido, se dejó llevar por el remolino hasta que sintió que era depositado frente a la reja y las palomas se desvanecían. Pensó claudicar. Escapar. De súbito una voz de ultratumba lo paralogizó:

- ¿Desaparecieron palomas malditas? ¡No ven que estoy durmiendo! ¡Es que no hay ningún empleado que las espante!

Tratando de reponerse del susto, a punto de desmayarse, tímidamente el intruso balbuceó:

-Si el vozarrón que escucho es el suyo, no se preocupe, don Ramoncito, yo las correteraré. Le habla el cronista del otro día. ¿Recuerda? ¿Y por qué solo oigo su expresión y no lo veo?

- ¡No sea bruto! Cómo me va a ver. Únicamente con el contraste oscuro de la noche somos visibles. De día nos tienen absolutamente prohibido mostrarnos de cuerpo presente con extraños. Menos podemos charlar. Si lo hacemos, la dirección superior nos somete a castigos.

- Me habían dicho que podían hacer excepciones en casos de emergencia y con parientes.

- Sí y también estimulados por cerebros superiores. Caso de Amadeus Mozart, autor de la ópera La flauta mágica, en que invoca la espiritualidad que nos lleva a través de la oscuridad de la muerte hasta alcanzar la luz. ¡Qué profundo pensamiento!


## Fridrik: el que impone la paz

- Prócer: haga conmigo también una excepción. Tengo harto que contarle. Pero, más que eso, yo vine a saludarlo porque hoy se celebra su onomástico. Hoy, 18 de julio es San Federico...

- ¿Y de dónde sacó que mi segundo nombre es Federico? Nunca me gustó y por eso no lo utilicé. Ni cuando chico en mi casa me llamaban Federiquito.

- Sin embargo hay personajes que lo lucieron orgullosamente. Por ejemplo, Federico Chopin.

- ¿Ve? En un músico clásico puede caber, pero un guerrero chileno llamarse Federico... ¿no lo encuentra medio ridículo?

- De todas maneras, para que sepa su origen es celta germano, Fridrik, y quiere decir "el que impone la paz".

- Ya estamos mejor y me empieza a cuadrar, pues yo siempre pensé que las guerras servían para alcanzar la paz duradera.

- ¿Y cómo se siente si le digo lo que significa Ramón? Al leer la carta astral casi me fui de bruces. Ni que se la hubiera escrito usted. ¡Un traje hecho a la medida!

- ¿No estará exagerando? Mire que yo no creo en tales patrañas.

- Escuche la descripción: aquel que es protegido por la divinidad; responsable, prudente, sincero, leal, buen corazón. ¡Será para tanto! El remate es genial: persona que da buenos consejos. ¿Será para tanto? Déjeme sonreír…

- ¡Mejor riamos juntos! Eso de dar buenos consejos sí que me parece delicado. Es muy riesgoso. Más. si no se los piden. Es más atinado tomar decisiones, aunque tiene un costo…Oiga, tanto enredo con mis nombres e ignoro cómo se llama usted.

- Muy simple: reportero Fabio Alvear; vivo en calle San Isidro, a tres cuadras de la Alameda y, al cabo de varias temporadas en distintos medios de comunicación, disfruto un año sabático que yo me regalé.

- Eso de descanso sabático no estaba en mis libros. ¡Será!… Rapidito dígame en qué anda ya que me sacó de mi sagrada siesta.

Compungido, invocando a todos los Hacedores, creando ardides, recurriendo a su mejor método de convencimiento, tras repetidos ruegos el reportero obtuvo el consentimiento del héroe para narrar sus últimas vivencias:

- Excepcionalmente, por la delicadeza que ha tenido al recordar que mis padres me bautizaron Federico, le pondré atención.

Tras largos minutos de escuchar, refunfuñar, consentir, emitir sonidos y monosílabos: ¡Hum!, ¡Ya!, ¡No, no!, ¡Uf!, ¡Sí!, ¡Bah!, de malas ganas dejó oír su sentencia:

- Veo que se ha esmerado en su investigación. Hay varios aspectos que tenía olvidados; otros nunca abandonaron mi cerebro y varios constituyen novedades pues no estaban en mis libros. Las reacciones de ciertos entrevistados no me extrañan. Pasa el tiempo, resentimientos, celos, bajezas, envidias institucionales permanecen intactas.

- No obstante, habrá ciertas cosas posibles de rescatar.

- Sí, sí, no en exceso pero las hay. ¿Sabe lo que me agradó? Me sacudió enterarme que entre los primeros soldados que acompañaron a Almagro, Valdivia, Aguirre y Villagra, figurara uno de apellido Freire. Y no porque fuera gallego, sino por una cuestión de identidad con el nacimiento de nuestro Chile... Tampoco estaba al tanto de la reapertura de la Logia en que trabajaba Allende, así que la noticia me complació... Lo de mis posibles antepasados que en La Coruña aplastaron a los campesinos rebeldes en las guerras irmandiñas, lo hallo deplorable. Y menos entiendo que por esos abusos los asciendan a la categoría de nobles. Es la razón por la que desprecio a quienes se consideran de exclusiva sangre azul. ¡Talega de vagos! ¡Y si quiere verme echar garabatos, le protesto por el trato dispar que dan al monumento de Bernardo y al mío! ¡Obscena discriminación!

## El filibustero Ramón

- Comparto su ira derivada de su estatura de caudillo... Mejor volvamos a los sucesos que dejamos pendiente hace unos días: a nuestro diezmado ejército viviendo de la caridad gaucha en pagos mendocinos.

- Es que ese capítulo es muy extenso y escabroso. Continuaron las peleas entre carreristas y o'higginistas. Para peor, José Miguel trató de imponerse a San Martín, que era el gobernador. Empecinado en su idea nacionalista de retornar pronto a Chile a combatir contra Mariano Osorio, complicó el anhelado plan del argentino de construir un gran Ejército Libertador de América. Indomable, partió con sus hermanos a Buenos Aires a buscar el apoyo del presidente Alvear.

- ¿No se encontraba en esa ciudad Mackenna O'Reilly, a quien él desterrara tras el Tratado?

- Tal cual. La proximidad reverdeció odios. Estaba lo de Lircay, pero él, además, lo aborrecía en su condición de casado con Josefina Vicuña Larraín, de la familia de Los Ochocientos, sus encarnizados enemigos. Luis Carrera fue el ejecutor, el que apretó el gatillo. Se desafiaron a duelo junto al Río de La Plata; el irlandés llevó por padrino a su coterráneo William Brown, fundador de la armada argentina. De nada sirvió. Una certera bala selló la vida del brillante militar.

- Excuse que lo interrumpa. Pero en mi caso, para entender mejor tantas rivalidades, me fui a una enciclopedia y averigüé que el panorama comenzó a enredarse en 1778 cuando Carlos III creó el virreinato de Buenos Aires, integrándolo con las provincias de Paraguay, Santa Cruz de la Sierra, Charcas y Cuyo. De paso, a esta última le agregó San Luis, San Juan y Mendoza que, por ese acto, dejó de pertenecer a la Capitanía General de Chile.

- O sea, el reyecito de sangre azul, nos perjudicó. Como le dije, Mendoza era una bolsa de gatos. Hastiado de los líos es que opté por cambiar de aires y me fui a pelear contra los realistas al Alto Perú. A los meses, volví a las brisas marinas y regresé a los barcos.

- Es en esas olas oceánicas donde crece su leyenda. ¿Verídico que fue pirata y casi se ahoga en el Cabo de Hornos?

- ¿Quién lo dijo? De ser cierto, ya desapareció de mi anciana cabeza… Es que a esta hora los párpados se me cierran… ¡Uaaaah!

- Estoy seguro que al oír el relato que le haré de su hazaña mantendrá abiertos los ojos… En la dársena bonaerense corría el décimo mes de 1815 cuando pisó la cubierta del Halcón. Frágil nave que junto a otras tres, comandadas por el almirante irlandés Guillermo Brown, el mismísimo que usted mencionara, decidieron convertirse en filibusteros de doble objetivo: servir de distracción a los barcos españoles que vapuleaban las costas libertarias y, el más productivo, sabotear puertos. Los improvisados marinos que componían su tripulación en su mayoría eran chilenos. En día de tormenta, con su dotación debió acometer la arriesgada travesía del Cabo de Hornos. Olas de cuatro metros y vientos huracanados jugueteaban con el falucho cual si fuera buquecito de papel. Uno de sus hombres cayó al mar. Usted, ¡valiente como siempre!, de inmediato se arrojó a salvarlo: locura inútil pues una inmensa ola lo golpeó haciendo crujir todo su esqueleto. Creyó morir; volaba y caía despedazado, pero otro gélido ciclón acuoso lo envolvió y arrojó a cubierta, donde logró aferrarse al mástil…

- ¡Ah! ¡Ay, ay! ¿Qué pasa… dónde estoy? Tengo frío… mucho frío. Estoy congelado, provino el lamento desde el mausoleo.

- Don Ramón, don Ramón, no ha pasado nada. Debe ser una pesadilla… Era yo que le estaba recordando la jornada en que Dios o Lucifer decidieron salvarlo en el Estrecho de Magallanes.

- Esa fue una jornada horrible. Memorizo que perdimos una nave completa. Igual subimos por el Pacífico capturando barcos, pidiendo recompensas, ganando bastante dinero. En Callao fuimos derrotados. Yo no quería entrar a ese puerto. Para mí estaba maldito, pero el porfiado Brown insistió. Después, hasta lo apresaron en Guayaquil. Para rescatarlo, no sé cuántos maté… Mejor lleguemos hasta aquí.

- Por favor no se vaya. Quería que me contara algo de una de sus etapas más gloriosas: su retorno a Mendoza donde San Martín lo hace Teniente Coronel del Ejército Libertador. Incluso el mito dice que -¡como venía rico!- repartió su plata entre los compatriotas.

A la mención de tal suceso, su voz cambió en el timbre. Su dicción adquirió un tono mesurado, maduro. Evaluaba las palabras. En minutos rozaba el optimismo, en otros obsequiaba un sabor a morriña gallega:

- Sí, claro, lo intentaré. Superados los miles de escollos fue una gesta memorable. San Martín, debo reconocerlo, por recomendación de O'Higgins me recibió con los brazos abiertos. Sin su conducción, la empresa libertadora no se habría concretado. Un estratega adelantando. Condecorado combatiente en el norte de África y luego contra las tropas napoleónicas en Bailén y La Albuera. Fiel a las convicciones aprendidas al lado de su maestro Francisco de

Miranda, respaldado por la poderosa Logia Lautarina, con el apoyo económico del presidente de las Provincias Unidas del Río de la Plata, Juan de Pueyrredón, fuerte de carácter, supo ganarse la confianza y respeto de sus subordinados. Óleo militar variopinto en que se mezclaban soldados, herreros, carpinteros, sastres, caballerizos, ingenieros, tejedoras, médicos, cocineras, lanceros, artilleros y cornetas. Ninguno escapaba de su férrea mano. Obstáculo militar imposible de cohesionar de no ser por la aparición de un personaje que los chilenos conocíamos perfectamente.


## El cura artillero

Tres de la tarde. Interrupción. Bulla de baldes, tarros, escobas, quejas:

- ¡Pucha la brisa pa' helá! Oiga, ¿se puede saber con quién conversa? ¿Está medio rayao? ¿Va a querer agua pa' la tumba vecina? Sus flores están re secas, ofertó el aguatero de turno.

- Gracias, maestro. No estoy loco. Es que me gusta pensar en voz alta. Ahí tiene una moneda de quinientos. Riéguelas bien… ¿Lo escuchó, señor Freire?

- Sí, sí faltó que le dijera: Su propina es mi sueldo ¿Ya dio con la profesión del personaje?

- Déjeme adivinar: un imprentero, abogado, médico, un brujo…

- No se gaste elucubrando: la persona en cuestión era simplemente un cura. Pero uno muy especial, a quien, al verlo vestido de franciscano, nadie imaginaba que era un maestro en la confección de armamentos. Fray Luis Marcelo Beltrán Bustos, en 1811 montó nuestros talleres reparadores de pistolas, espadas, cañones. Nacido en San Juan, siendo joven ingresó al convento; oremus y misas no lo convencieron; lo suyo eran las ciencias: física, química, matemáticas. Con esos conocimientos se vino a Chile y se entusiasmó con la causa patriótica. Llegó a tanto su fervor que combatió con las tropas en varias batallas, incluso en Rancagua. Al cruzar la cordillera, San Martín le encargó la responsabilidad de construir la primera Maestranza de Guerra. De su genio, más la participación de 500 armeros, no únicamente nacieron cureñas, explosivos, pólvora y fusiles, sino también puentes mecanos para cruzar quebradas, ríos, y máquinas que subían cañones en las laderas empinadas. Le completo el retrato: recibiendo el grado de capitán, Beltrán combatió en Chacabuco y Maipú, pero su estrella después se apagó cuando cayó en desgracia con San Martín. El cuyano lo degradó y murió en la inopia.

- ¡Triste fin! Todo un portento el cura artillero. En la realidad chilena me parece que sus talleres después fueron base de la Famae. En estos menesteres pre cruce cordillerano, aventuro que José Miguel no estaba en reposo.

- ¡Qué va! Aprovechando las excelentes relaciones que mantenía con Estados Unidos, llegó hasta allá solicitando financiamiento para organizar su propia expedición libertadora. Quien sí efectuaba una gran labor de distracción del ejército realista en Chile era Manuel Rodríguez. Abogado culto, corajudo, ingenioso, simpático y rompedor de corazones, mediante sus tretas enloqueció al temido capitán San Bruno, el torturador del gobernador Casimiro Marcó del Pont.

- Los compiladores reconocen que el despliegue de sus montoneros, al apoderarse de Melipilla, San Fernando, Curicó; la interceptación de correos enemigos; el asalto a patrullas realistas; sus burlas metódicas a Los Talaveras fueron cruciales para la entrada de las tropas libertadoras por diferentes lugares.

- Hacen muy bien en destacarlo. Frente a Manuel Rodríguez Erdoiza, como creo que decía el periodista Julio Martínez: ¡Me pongo de pie!

## Escuadrón de negros

- Con su anuencia quiero llevarlo ahora a un aspecto que los cronistas evitan; le hacen el quite: la participación de soldados negros en el ejército mendocino. ¿Existió el Escuadrón de los Pardos?

- Aplaudo su interés. Va a creer que, como en Chile somos tan racistas, nunca me lo preguntaron. ¡Y por Dios que fue importante! Ellos fueron muy valerosos. Ponga atención…

- Don Ramón, una mínima interrupción. Coincidente con su opinión, le leo lo que escribiera en sus memorias el investigador alemán Eckart Kronenberg, después de haber cruzado los Andes, siguiendo la ruta de San Martín:

*Los más valientes, los más audaces hombres del General tienen la piel negra, porque San Martín ha comprado la libertad de estos esclavos africanos con las múltiples donaciones recibidas, para reforzar con ellos su Ejército Libertador. Estos negros aceptan gustosos la nueva esclavitud que, en caso de triunfar, los llevará a la libertad. Componen la primera fuerza de ataque y están ubicados delante de la artillería. Han aprendido el manejo de las armas y cómo arrancar la bayoneta del cuerpo enemigo, cómo afirmar el pie sobre el cadáver y cómo extraer el arma de un solo tirón.*

- Valioso el testimonio del germano, sin embargo…

- Perdón, perdón. Hay otra frase significativa:

*Componen el escuadrón: cazadores, granaderos, infantería ligera, caballería, artillería con dieciocho cañones y una banda de músicos negros, esclavos liberados para ser reclutados.*

- Algunos aciertos entrega el alemancito. No obstante, de haberse informado mejor sabría que la participación guerrera de zambos y mulatos no nació en Mendoza. En ambos países empezó en el siglo anterior, cooperando ellos en pequeñas tareas de vigilancia. Para

1720, en Chile, época del gobernador Manuel de Amat, existió una Compañía de Negros que fue creciendo hasta sumar 200 hombres en tres cuerpos: los de La Cañada, que eran de infantería, los Húsares de Borbón, que fueron caballería ligera, y el de Artillería. Al bávaro le añadiría que en 1811 se contaba con el Batallón de Infantería de Milicias de Pardos que defendían a las autoridades independentistas y sofocaban levantamientos. Incluso tuvieron algo de paga mensual y uniforme; cuando no, les daban sólo un poncho, vestían casaca y calzón encarnado, solapa, chupín y vuelta verde. Combatieron en campos del sur. Hasta fines de la Patria Vieja, 1814, funcionaron los infantes e ingenuos de la Patria.

- ¡Con sus datos me deja con la boca abierta! ¿Me va decir que también combatieron en Rancagua?

- Por supuesto, y me agradaría que del mismo modo como ensalzan mi protección a Bernardo, exaltaran su coraje para defender la plaza. Al final del desastre, cuando los sobrevivientes sitiados se vieron obligados a huir siendo acosados por los realistas, lo hicieron por la cuesta o ladera de Los Papeles. En cantidad apenas superaban el centenar y varios eran hombres de color pertenecientes a su Compañía Infantes de la Patria. Orgullosos de su raza, poseían bandera propia. Con ella cruzaron la cordillera y la lucieron al ser integrados al Ejército Libertador. De los 370 Pardos que servían en la Unidad en 1811, únicamente catorce llegaron a Mendoza.

- Prócer, formidable su relato. Como para levantarles una estatua.

- El asunto reviste tal profundidad que me atrevería a diagnosticar que si nuestros historiadorcillos derechistas no hubiesen ocultado su presencia en los combates contra el opresor, quizás el país no sería enfermo de segregacionismo y las nuevas generaciones tratarían a los afros como iguales. ¡Cuándo aceptaremos nuestro multiculturalismo y mestizaje!

# Chacabuco: la convergencia

Al oír tan atinado juicio, Fabio sintió deseos de abrazarlo. Mas, instantáneamente, comprendiendo su condición de fantasma, optó por tocarle una fibra más personal:

- Quiero que me cuente lo de Talca. Empero, antes le confesaré que cada vez que he sobrevolado la cordillera, al mirar por la ventanilla esas cumbres nevadas, abismos, riscos, quebradas y senderos, me surge la misma pregunta: ¿cómo 5.000 soldados montados o a pie, cargando mochilas, arrastrando cureñas, aguantando apunamientos, pudieron cruzarla tras haber caminado 200 kilómetros desde Mendoza? ¿Eran superhombres o alguien desde lo alto los seleccionó para la misión?

- ¿Por qué desde lo alto? ¿No pudieron ser individuos marcados desde el oriente eterno?

- Observo que su filosofía masónica, aunque la niegue, sale a relucir. Mi admirado general, veo que comienza nuevamente a bostezar. Comprendo su cansancio, pero antes de volver a su siesta, por favor explicíteme cómo operó el plan final del Ejército de los Andes.

- Haré un postrer esfuerzo: la estratagema de San Martín para dispersar las fuerzas monárquicas e impresionar cual si fuera un numeroso contingente, consistió en hacernos descender por distintos puntos. Por el norte, desde La Rioja y San Juan, bajaron divisiones hacia Copiapó y Coquimbo al mando de Juan Manuel Cabot; a Juan Gregorio de las Heras le correspondió entrar por Juncalillo; Manuel Rodríguez acometió por San Fernando; O'Higgins accedió a la altura de San Felipe; por el centro, usando los pasos de Los Patos y Uspallata, se descolgó el grueso del ejército en dos columnas dirigidas por el generalísimo San Martín. Chacabuco fue el emplazamiento de convergencia triunfal.

- Siempre tan modesto. No menciona lo suyo. Los redactores anotan que una vez más lo mandaron al sacrificio. El 11 de febrero, acorde a las tácticas bélicas de distracción, en víspera de Chacabuco, con apenas 100 soldados debió entrar por el paso El Planchón y arrebatar Talca a los realistas. Afirman que siguió arrasando: el 9 de marzo se apoderó de Linares, siete días después arrodilló Chillán, a inicios de abril aniquiló a los godos en Curapalihue. En vista que aquellas regiones continuaban la lucha, San Martín mandó a Gregorio Las Heras a fortalecer la división del Sur. No obstante, permitiéndose ciertas licencias, el coronel argentino menospreció al enemigo. Conducta que obligó a usted, riguroso y responsable, a denunciarlo:

*Mas ahora quiero que usted V. (...) hablándole con la confianza que siempre me ha franqueado, este jefe no hará de mi aprecio alguno. Según diviso y yo no quiero exponerme a que llegue el caso de servir bajo las órdenes de quien a él le de las ganas: sus entretenimientos en bailes tienen la culpa de que no se haya concluido la obra, estaríamos cansados de estar en Concepción.*

- El portafolio en mención le agrega más victorias: en mayo enfrentó a españoles en el combate de Cerro Gavilán de Concepción, en La Mochita, en San Pedro, en Talcahuano; ¡No se agotaba!

- La patria exigía tales sacrificios, a pesar de que la futura gloria pública, está visto, estaba reservada a otros. De mí, incluso, dijeron que era débil de carácter, sin personalidad.

- Quien lo calificó de esa manera fue un caniche. Considero que la decisión que debió asumir en diciembre de ese año al cabo de apresar al bandolero y patriota José Miguel Neira, demuestra lo contrario. A pesar de que él era amigazo de Manuel Rodríguez, lo sometió a juicio por autor de saqueos y violaciones, fusilándolo en la plaza de Talca… Don Ramón, sé que está cansado, pero como va tomando vuelo mi intención de escribir un libro, le solicito me explique cuáles cree que fueron las causas que provocaron el relajo después de Chacabuco.

- Tendré que sacar energías… Es que son muchas. Le indicaré la principal: la hegemonía gaucha y masónica. Este plan empezó a urdirse en las tardes europeas en que el venezolano Francisco de Miranda inició a San Martín en los principios herméticos. Bajo mallete y amparados por ingleses que disputaron a los españoles mares y territorios suramericanos, diseñaron el plan. A comienzos de 1818 llegó el almirante Thomas Cochrane que, según los eruditos, arrastraba una estafa en Londres. Liberar Chile nunca fue meta: sólo fuimos trampolín útil para saltar desde Valparaíso a Callao, Lima y después al Alto Perú. No obstante, nos necesitaban. Por eso San Martín cedió el cargo de Director Supremo a O'Higgins y además fundó la Logia Lautarina de Santiago. Envanecidos por el triunfo, se sintieron dueños de la capital; relajaron comportamientos y no tomaron en cuenta que los realistas siempre fueron fuertes en las regiones sureñas.

- Y en esta parte de la oración es cuando usted nuevamente entra al ruedo, enderezando la eminente debacle. ¡Las tres veces que recuperó el fuerte de Arauco, perdido por desatinos de nuestros coroneles, debió ser una de las hazañas más brillantes de la Independencia!

- Parece que sí, porque me colgaron en el pecho la recién creada Orden Legión del Mérito de Chile. Un reconocimiento más en medio de desaguisados bélicos cuyo ícono fue la Sorpresa de Cancha Rayada donde Bernardo casi pierde un brazo. ¡Pensar que tal derrota acaeció apenas quince días previos a la definitiva Batalla de Maipú! Memorable victoria en que los carajos investigadores dieron todos los créditos a José.


## Maipú y Lo Espejo

El cronista se sumó al reclamo y añadió que de tal despropósito podía dar fe debido a que había apreciado cuadros en que los pintores inmortalizaban a Bernardo, con su brazo en cabestrillo, llegando a congratular a San Martín. Situación que lo autorizó a solicitar:

- Aunque esté airado, no sea egoísta, nárreme de ese episodio…

- ¡Cómo se le ocurre! Ya me explayé demasiado y empiezo a sentir una pequeña ronquera…

- Don Ramón, su participación fue tan fundamental y ha sido tan empequeñecida que yo intentaré recordársela, pero no se me duerma… La batalla se planteó en el lugar Cerrillos de Maipo al sur de Santiago. Ya en la noche anterior los ejércitos fijaron posiciones frontales, permaneciendo distanciados por un kilómetro y medio. El poderoso Ejército Real de Chile del Imperio Español, ¡pomposo título!, contaba con 5.300 guerreros y 12 cañones distribuidos en tres Brigadas. El Ejército Unido de los Andes y Chile poseía 500 clases menos, sumaba 21 cañones, igual cantidad de Divisiones, pero recién se agrupaba después de los descalabros sureños. Osorio y San Martín, generales probados en cien combates los condujeron y gritaron: ¡Al ataque!, a las 11 de la  mañana del 5 de abril. En los inicios las cargas españolas sacaron ventajas desordenando los escuadrones patriotas; éstos, con furioso ardor, en veloz reacción se recompusieron y los masacraron, obligándolos a la retirada. Osorio, derrotado, emprendió la fuga…

- Correcto su relato, pero ese no fue el fin, porque la lucha se trasladó al fundo Lo Espejo.

- ¡Justísima su reacción! Y para que se ponga al día: ese popular sector actualmente se caracteriza por las protestas sociales; vive mucha gente de pobres ingresos... como lo escuché roncar creí que yo estaba monologando… Por favor, continúe.

- No, no. A usted lo escucho muy bien. Siga, siga, pero no olvide inscribir en el ejército realista al brigadier José Ordoñez y sus mil hombres que siguieron combatiendo. Menos deje de citar un apellido que nos era muy conocido: el de Manuel María Toro y Zambrano, tercer Conde de la Conquista, muerto en combate, que, junto a Primo de Rivera, hecho prisionero, vinieron a apoyarlo con ochocientos cuadros más.

- ¡Se podría calificar como la segunda gran batalla libertadora!

- ¡Evidentemente! ¡Sin Lo Espejo no brillaría Chacabuco! Las luchas fueron sangrientas. Mi división Cazadores, atravesó cuerpos con sus lanzas hasta el hastío, y los infantes, a punta de bayoneta y corvo, los charquearon. En las casas de adobe se apilaron los cadáveres. Pavorosa fotografía.

- A la hora del recuento, dicen que hubo 1.500 muertos realistas, 2.200 prisioneros, miles de heridos y que el Ejército Libertador perdió el 35% de su contingente. Trascendental su testimonio… Mi última inquietud está relacionada con… ¡Don Ramón!…

- Zzzzz,

- General…

- Zzzzz…

- Oigo que se quedó dormido ¡Qué vamos a hacerle! Otro día continuaremos.

# CAPÍTULO CUARTO
# CARMENCITA

## Argentina resta apoyo

El periodista ya había revisado algunos textos antes que la funcionaria avisara en voz alta:

- ¡Vamos a cerrar! Faltan diez minutos para las siete. Las personas que tengan libros, por favor devuélvanlos.

Al escuchar la advertencia, en cuestión de segundo se abalanzó al mesón de entrega de libros:

- Señorita, no es chiste: de nuevo se me agotó la pasta del lápiz. Please, facilíteme uno.

- Usted sí que es porfiado. ¡Dale con el mismo cuento! Por si le sirve, ahí tiene uno de mina…

Hacía una semana que religiosamente concurría a la Biblioteca Nacional, fundada por la Junta de Gobierno independentista en 1813. Siendo estudiante, aprendió que Manuel de Salas fue su primer director; que al principio funcionó en la Universidad de San Felipe, ubicada donde actualmente se emplaza el Teatro Municipal; que una de sus colecciones perteneció a los jesuitas expulsados del país en 1767; que sólo en 1925 recaló en su presente sede, antiguo convento que el Estado compró a las monjas Clarisas.

Sin embargo, esta vez, cumpliendo con el dicho obras son amores, una doble motivación respaldaba la visita de Fabio: investigar las realizaciones de Freire durante sus mandatos como Director Supremo y Presidente y cultivar su germinal amistad con la funcionaria, a la que había conocido mientras acudía a indagar acerca de los apelativos gallegos.

En los documentos, pronto se puso al día del trayecto tortuoso que debió superar el prócer antes de asumir tan altos cargos.

Concluyó que el triunfo de Maipú produjo envanecimiento: celebraciones en salones, nombramientos, farras en burdeles, desfinanciamiento, promesas, desconfianzas, hambre de poder, ansias de nuevas conquistas, crisis, excesos. La ponzoña de las sierpes enceguenció a los generales condecorados: buitres cuyanos desgarraron las carnes de los hermanos Carrera y en Tiltil la mierda del fanatismo chupó la sangre noble de Manuel Rodríguez.

El salón germano Colonia, de calle Mac Iver, sendos cafés y porciones de kuchen a la salida del trabajo, fueron la base para que la bibliotecaria, entusiasmada, opinara:

- Correcta la decisión de O'Higgins al nombrar a Freire Intendente de Concepción y chueca la jugada de San Martín al quitarle el mando militar de la zona sur, designando a su compatriota Marcos Balcarce para luchar con el fortalecido ejército realista.

- ¡Ah! Veo que ya estás sobre el tema. ¡Qué bueno!, fue el alcance del reportero.

- ¿Y qué querías que hiciera? Cerca de ti, imposible escapar.

- Sin embargo, lo auténtico es que el Cid chileno se molestó con ambos. A poco andar se percató que su amigo le entregó la administración de Penco sin un peso para que terminara desprestigiado y que al enfermizo nacido en Yapeyú -con láudano aplacaba sus dolores- le importaba un cuesco el dominio chileno en el sur. La obsesión de Bernardo era financiar la Escuadra Libertadora de Perú. Al punto que liquidó sus bienes y pasó a la inmortalidad, lanzando en Valparaíso su célebre frase:

*De estas cuatro tablas dependen los destinos de América.*

-Tienes razón y esa fue la causa fundamental porque Ramón empezara a quitarle su apoyo. Por añadidura, estaba al tanto de los atropellos cometidos por la prepotente soldadesca che que se adjudicaba la paternidad de la campaña independentista.

- Y transcurriendo los meses, había que pagarles y alimentarlos. ¡En la capital sureña la gente se moría de hambre! Déjame leerte este párrafo que encontré en un volumen de Encina-Castedo:

*"En Concepción había miseria. En septiembre de 1822 se calculaba que habían muerto de hambre 700 personas. El 4 de septiembre de 1822, Freire refiere a O'Higgins en una carta que vio a una madre dando pecho a su hijo y al advertir que estaba exhausto por su propia anemia, asiéndolo por los pies lo estalló contra una roca para no presenciar su agonía".*

- ¡Escalofriante! Además, el gobierno argentino, sumido en caótica situación, informó a José que le cortaban el oxígeno económico: no ponían un peso para su anhelada escuadra. A Bernardo nada le importó que nuestra hacienda pública quedara vacía y la gente sufriera.

- Fabio, olvidaste sumar lo que costaba mantener a Lord Cochrane con sus naves. El inglés era genial pero se pegó grandes porrazos, como cuando fracasó en su intento de tomarse Callao. Se sintió tan mal que renunció. Después meditó y con ayuda de Ramón Federico se reivindicó, apoderándose de fortalezas en el sur chileno.

- Todos estos desaciertos del gobierno central lo tenían enfurecido al ver que para su proyecto regionalista no quedaban ni limosnas. ¿Te sirves otro café?

## Carmencita

Tal era el tono de las conversaciones que sostenía la pareja. Apenas unos días de contacto habían bastado para que congeniaran. Su materia prima estaba en los textos de historia. No obstante, a pesar de la diferencia de edad, ella empinada en los treinta, sus miradas cómplices encendieron rápidamente la chispa sentimental. Solteros, a pesar de que ella pololeaba con un ingeniero civil que pasaba gran parte del tiempo en terreno. La cita en que supo que el primer amor de Ramón se llamó Carmen, comenzó a interesarse en sus intrépidas andanzas:

- ¡Igual a mi nombre! pero te advierto que no tengo ninguna gana de tener hijos y que lo nuestro es sólo un pasatiempo. Me cais simpático y punto, cachai.

Indudable que no sólo profundizaban las epopeyas paladeando sabrosos pasteles. Los tragos largos del bar Berry, que en su segundo piso del barrio Lastarria atesoraba calificadas antigüedades, acoplados a los acordes de guitarra y voz de Eduardo Peralta, interpretando canciones de Georges Brassens y Edith Piaf, estimulaban a enredar manos y aproximar labios. La prohibición de fumar en el local los empujaba a que salieran a enviciarse en la calle El Rosal y, en medio de las aspiradas, retornaban a lo histórico.

Si ella aportaba: -Vicente Benavides, sanguinario militar traidor criollo, amigote inicial de San Martín, lideró las fuerzas realistas y se hizo poderoso derrotándonos en Concepción, Yumbel y Los Ángeles. Freire fue marginado. Finalmente, José Joaquín Prieto derrotó a Benavides en Chillán. Éste intentó escapar a Perú. Preso, enjuiciado, lo mataron en Santiago.

Él contribuía: -Tribus mapuches se organizaron e iniciaron resistencia. En sus protestas, avasallaron islas y comarcas fronterizas. Momentáneamente el Gobierno desistió de enfrentarlos. Los españoles, al mando del general Antonio Quintanilla, convirtieron Chiloé en un reducto inexpugnable. Rechazaron pactos. Se intentó negociar. Fracaso total. El Congreso elegido en 1822 fue disuelto. A O'Higgins no le aceptaron la renuncia. Con su salud deteriorada, San Martín dejó Lima y, enfermo de tifus, vivió corta temporada en Santiago y luego pasó a Buenos Aires.

# El fantasma del barrio

Por habitar ella un pequeño departamento en calle Mosqueto, a cuadras del barrio Lastarria, otro lugar que visitaban era el restorán Biógrafo, contiguo al cine. En una velada posterior, el trago escogido por Carmencita fue un Manhattan; Fabio se inclinó frente a una copa de vino Merlot; el consabido picoteo consistió en machas a la parmesana.

- Como te dijera, este decorado moderno en nada se parece al que le dio fama al local. El antiguo sí que tenía atmósfera; las paredes llenas de fotos en blanco y negro de parroquianos, políticos extranjeros, artistas; en las murallas no quedaba un espacio donde no hubiera una dedicatoria. Comedor a la antigua, gran espejo y un piano donde cualquier espontáneo tecleaba tangos para que el Negro Carlos Jorquera los cantara.

- Debe haber sido re entretenido. ¿Verdad que venía Ricardo Lagos?

- No sólo él. Toda la Concertación, con toque o sin toque, aquí fraguaban planes para botar a Pinochet.

Para variar, el letrero Prohibido Fumar los obligaba a salir del negocio a echar humo:

- Esa iglesia que está al frente es la de la Veracruz, ¿cierto? Una amiga me contó que fue fundada entre 1852 y 1857 y que guarda valiosas pinturas religiosas.

- En efecto, forma parte de nuestro escaso patrimonio cultural. Este sector está lleno de leyendas. A ti, que tanto te ríes de mis conversaciones fantasmagóricas, te contaré que esta calle Villavicencio, en épocas coloniales se llamaba El Mesías. Los lugareños narran que en noches de bruma, en medio de la garúa, envuelto en manto negro, cubierto con gran sombrero alón, golpeando puertas con su báculo, el espectro se paseaba entonando himnos góticos.

- No hablís leseras. Mejor volvamos al bar a tomar otro trago. Me dio frío: pediré uno doble.

Los brindis aceleraron galanteos y soltaron las lenguas. Intercambiaron pasajes existenciales. Ella reveló:

- No he sido santa ni pecadora fanática.

El convino:

- Todavía no encuentro la mujer de mi vida.

En los lapsos de temperancia y lagunas de seriedad, mandaba un enredado y reiterado pretérito político histórico.

En el Biógrafo y la metrópoli mandaba el viernes cultural. Tradición que autoriza a tomar más de la cuenta para justificarse al día siguiente: se me pasó la mano. Carmencita, entusiasmada por los Manhattans y whiskies, siente el llamado de la selva: se cree Jane y que al frente tiene a Tarzán. Deja de ser la eficiente funcionaria hábil con el computador; sus lentes intelectuales los cambia por unos de inmensos marcos atornasolados; saca a relucir una personalidad mezcla de Jennifer López y Shakira:

- Ya hemos hablado demasiado. Mis piernas piden acción. Manda al diablo a tus héroes. Aunque prefiero carretear en picás folclóricas, esta noche vámonos a bailar a una Disco que está a la vuelta de mi casa.

- ¡Estará de Dios! fue la abnegada aprobación.

Estridente música para reventar tímpanos, efectos estroboscópicos, sudor, ósculos, parejas bailando, atracando desenfrenadamente, coqueándose se apilaban en el local. Dislocador olor a marihuana, nuevos tragos, ambiente efervescente, risas, desbordes. Carmencita a giorno, robándose la película y gritándole al disc jockey que volviera a tocar a Luis Fonsi, murmurando: Despacito quiero respirar tu cuello/ despacito deja que te diga cosas al oído/ para que te acuerdes si no estás conmigo/. A las tres de la madrugada, un tema de Marco Antonio Solís realizó el milagro de calmarla:

No hay nada más difícil que vivir sin ti/ sufriendo en la espera de verte llegar/ el frío de mi cuerpo pregunta por ti/ y no sé dónde estás/ Si no te hubieras ido sería tan feliz/

- ¿Te pasó algo? ¿Te cansaste? Si deseas partimos.

- No, estoy bien. Lo que pasa es que con esta canción me pongo lúbrica. Es la que escuchamos con mi novio cuando estamos acostados. ¿Te molestaría mucho acompañarme a mi departamento de calle Mosqueto?

Fabio, indudablemente, la llevó hasta su hogar ubicado en el cuarto piso de un edificio de la pequeña vía, próxima a Bellas Artes. Lo que ignoraba en su condición de gentleman cincuentón es que esa noche terminaría enredado entre las sabanas y brazos de Carmencita, silbando la canción de Juan Luis Guerra:

Quisiera ser un pez/ para tocar mi nariz en tu pecera/ y hacer burbujas de amor/ por donde quiera/ Oh Oh/ Pasar la noche en vela/ mojado en ti /

## Pencones lo proclaman

Sin darse una ducha ni tomar desayuno para no despertarla, Fabio dejó el departamento y corrió hasta su hogar de calle San Isidro. Iba feliz por la velada vivida, pero también tensionado por la posibilidad de que se le fueran a escapar las ideas de lo conversado con ella antes de caer en el sopor amatorio. Sin darse tregua, escribió, velozmente, esta vez en su computador:

José Antonio Rodríguez Aldea volvió a cruzarse en el camino de Freire. Al igual que cuando firmó el Tratado de Lircay representando a los españoles, seguía gozando de la simpatía de Bernardo, quien lo nombró ministro. Desde ese puesto tramitó cuanta solicitud de ayuda económica le pidió para socorrer la hambreada ciudad de Concepción, legendariamente Penco para los aborígenes. Enardecido, Freire vino a reclamar a Santiago. O'Higgins no lo atendió. Sus gravísimos problemas apuntaban a superar las protestas de un pueblo cansado de sus dictatoriales decisiones. Londres persistía en sus cobros por la deuda externa. No lograba acallar el desprestigio conseguido por detenciones, exilios, crímenes de connotados rivales. Desesperado, a fines de 1822 aceptó la redacción de la Constitución que le otorgó poderes dictatoriales. Estrategia que no lo salvó del aislamiento: ni siquiera el ejército lo respaldó.

El regreso de Freire a Penco significó su inmediata transformación en caudillo opositor. La ciudad-puerto abierta hacia el Pacífico, descubierta por Juan Bautista Pastene, bullía en resentimiento hacia Santiago. Importante por su ubicación geográfica, era la tercera más antigua del país; derivaba su nombre del mapuche Pen=ver, Co=agua; aunque otros afirmaban que su significado era "agua de peumo". Impartiendo manifiestos, concurriendo a concentraciones y dirigiendo cabildos sosegó los cuarteles y multiplicó su popularidad. Convocó a una gran Asamblea en que los pencones lo aclamaron como su máxima autoridad, cuyo primer acuerdo fue enviar una carta a Santiago, desconociendo al Director Supremo. En una de sus proclamas dice al pueblo:

"Hacedme solamente la justicia de creer que no me mueve a este paso la ambición al mando. Desde ahora protesto solemnemente ante los pueblos que jamás ocuparé la silla de la magistratura. Ni mis fuerzas son suficiente para una carga tan pesada, ni tampoco la apetezco. Esta declaración que hago será garante de mis intenciones. Si algún día admitiese el cargo supremo, decid que os he faltado a mi promesa, y entonces tendréis motivos para dudar del fin santo que me anima. Sólo aspiro a libertar a la patria. Afianzados sus derechos, me veréis volver a descansar a mi país, en donde me hallaréis siempre dispuesto a perseguir a los enemigos de nuestra independencia."

Los sucesos se precipitaron. Coquimbo, Valparaíso, parte de Santiago, en acción inédita, reconocen Concepción cual capital de la nación. Acusado de dictador, en enero de 1823, O'Higgins abdica. El 5 de abril, el Mariscal de Campo Ramón Federico Freire Serrano jura como Director Supremo, respaldado por un pueblo que confía en su corrección y honradez.

Transcurrido cinco años de la gesta gloriosa que liberó al país del yugo español, desaparecieron los sueños. Alcanzada la ansiada república, complotan imberbes partidos políticos; católicos y masones se disputan clientelas; de la oligarquía emergen hambrientos caudillos; agricultura y minería atraen a empresarios criollos y externos; los uniformados aguardan en sus cuarteles.

## El capitán Mulato Gil de Castro

Era la una de la tarde cuando cerró el computador. Medio se bañó, se cambió ropa y partió a cumplir con el rito del sábado componedor del cuerpo. Carmencita lo aguardaba fresca como una flor. Sol parado en invierno seco. Tomados de la mano caminaron los enamorados. Ella conservaba sus gafas coloridas:

- Tanto me han hablado ¡y viviendo tan cerca!, que te prometo tengo ganas de conocer el mural de Roberto Matta en la plaza Mulato Gil.

Instalado frente a la magnífica obra cerámica, La Debutante, fabricada en hornos italianos, y obsequiada por el Premio Nacional 1992 a los coleccionistas Manuel Santa Cruz y Hugo Yaconi, Fabio también le aportó acerca de las medallas mundiales obtenidas por el impulsor del surrealismo:

- Y si te interesa apreciar otro de sus murales, cualquier día llegamos hasta la Municipalidad de La Granja. Allá se exhibe El primer Gol del Pueblo Chileno, confeccionado con integrantes de la Brigada Ramona Parra.

- Te voy a cobrar la palabra. Ya que estamos en esta plaza llamada del Mulato Gil, satisface mi curiosidad: me dijeron que él era chileno.

- Te engañaron. José Gil de Castro fue un peruanísimo artista. Lo que ocurre es que acá vivió muchos años. A cumplir con sus deberes militares lo mandaron a Chile en 1810. El ambiente insurgente de esos días lo entusiasmó a tal punto que se integró a las divisiones de soldados negros. Su valerosa gestión fue tan valorada que lo nombraron Capitán de Ingenieros y Capitán de Fusileros del Batallón de Infantes de la Patria. Te suena, ¿cierto?

- ¿Pero de quién me estás hablando? En qué quedamos, ¿militar o pintor?

- Carmencita, el personaje era brillante en ambos campos. Imagínate que, como uniformado, hasta lo condecoraron con la Orden al Mérito de Chile y, por su arte, en 1816 lo escogieron Maestro Mayor del Gremio de Pintores.

- ¿Y de dónde sacó esas condiciones plásticas que lo convirtieron en el retratista de los Libertadores?

- No únicamente de los generales, también de la alta sociedad y de la iglesia. Se cuenta que en la Lima virreinal fue discípulo de reputados pintores españoles y que aquí continuó perfeccionándose en el taller del maestro suizo Jorge Ambrosi. Acostumbrado en Santiago, se casó con doña María Concepción Martínez y habitaron una casa frente al cerro Santa Lucia.

- Entonces, en su condición de vecino fue que bautizaron esta plaza con su nombre.

- Sí, pero también en mérito a su pintura patrimonial. Sus lienzos se conservan en museos argentinos, peruanos. En Chile existen, entre otros, sus coloridos retratos de O'Higgins, San Martin, Aldunate, Las Heras, Isabel Riquelme y, lógicamente, de Freire.

- ¡No podía fallar! Tenías que sacarlo a relucir.

- ¡Y qué quieres que haga! La historia no se puede esconder. Te cierro el informe diciendo que en 1825 regresó a Lima. Allá estaba Bernardo, el amigo que, en su gobierno, incluso lo nombró miembro de su mesa topográfica.

- Está bien. Está bien. Pero ya me dio apetito. Vamos a almorzar. ¡Qué vida más interesante! ¿Por qué no le escribes aunque sea un cuento?

- Sabes que estoy en otra. Y tú que eres aficionada a hacer canciones folclóricas, por qué no le compones algo a don Ramón.

- No se me había ocurrido. Ahora que conozco harto de él, podría ser. Lo voy a pensar. En una de esas me cruje el mate y bajan las musas.


## La mansión de la nieta

Entre broma y broma, tarareando algunas melodías, caminaron cincuenta pasos hacia el norte. En la esquina con Merced, Carmen exclamó:

- ¡Y esta mansión que hace instalada aquí! ¡No me digas que es un restorán!

- Querida, así es. Ahora se llama Liguria, antes fue sede del Instituto Cultural de Francia, y yendo más atrás perteneció a una nieta de don Ramón.

- Habla en serio. La mona de anoche ya se me espantó. Dale con tu fijación Freire.

El reportero calló. La introdujo a la recepción. Le indicó leer una placa de metal:

*Este inmueble de Conservación Histórica perteneció a la familia Valdés Freire. Fue proyectado en estilo neobarroco en 1906 por el arquitecto Alberto Cruz Montt. El palacete fue propiedad de Raymundo Valdés Riesco, retoño del alcalde de Santiago del mismo nombre y casado con Teresa Freire García de la Huerta, cuyo padre, Liborio, era hijo de Ramón Freire.*

En el amplio comedor, al costado de una barra de quince metros de largo tentando con mil botellas, rodeado de fotos del novecientos, el adiestrado garzón, que mostró la carta, mientras ellos seleccionaban, continuó informando:

- A un costo de tres millones de dólares, cuatro años demoró transformar los cuatro niveles de la mansión en confortable restorán. Hubo que rescatar y pulir pisos, escaleras, murallas. En la planta baja originalmente existieron cocheras y establos. En la mansarda, cuartos para cierta servidumbre...

- Sabe que más, amigo, dejemos hasta aquí la leyenda... Para empezar, tráigame un borgoña en chacolí, después un arrollado con puré picante y una botella de blanquito bien heladito. Y tú, ¿qué vas a pedir?

Indudablemente, Fabio optó por lo mismo. Durante el almuerzo ambos tuvieron elogios para los platos: ¡No hay como la gastronomía chilena!

Aceptaron el bajativo licor de oro, atención de la casa. Ella manifestó deseos de retirarse al departamento. Él la contuvo:

- Regálame tres minutos más. Te quiero mostrar un par de edificios existentes en calle Monjitas e Ismael Valdés, construidos en los años cincuenta por Eduardo Valdés Freire, miembro del mismo clan creado por don Ramón.

- ¡Eso sí que no lo aguanto! ¡Me vas a volver loca con tu manía! Yo me voy a dormir la siesta. Si quieres me acompañas...

# CAPÍTULO V
# CHILOÉ: ÉPICA GRIEGA

## Feminismo, ciencias, educación pública

Al miércoles siguiente, desde su oficina, la joven descendiente de gallegos usó el celular para llamar a Fabio:

- Tienes que venir. Un colega de la Sección José Toribio Medina me ubicó la colección de un historiador de apellido Téllez que en sus volúmenes de 1925 se refiere a las obras de Ramón.

Acorde a su edad, gentleman formal, respondió:

- Gracias mil: ganaste una caja de bombones que pasaré a dejarte.

Silencio de iglesia reinaba en el hermoso salón de consultas, bautizado en honor a uno de los más grandes historiadores de la nación. En armonía exquisita entre su vetusto mobiliario y las vidrieras centinelas de tesoros bibliográficos, una mullida alfombra roja de centro se oponía a que la pisaran. Balcones abiertos con balaustres barnizados incitaban a su contemplación. Parecía que hasta la luz solar que cruzaba sus vitrales usaba guantes blancos para no dañar las hojas de los textos cada vez que se giraban.

Con voz baja, íntima, el avezado funcionario puso entre sus manos el libro seleccionado. Los capítulos abundaban en logros, contradicciones, ideas, personajes; cada párrafo detallaba circunstancias, rivalidades, complots. Las palabras de otro discurso de Freire, previo a redactar una Constitución de 1826, dirigidas a los congresistas le atrajeron:

*"Para que una Constitución pueda producir los inmensos bienes que anhelamos, es forzoso, no sólo que ella se conforme con nuestras costumbres, y se adapte al estado de nuestra civilización, sino que huyáis del peligro en que frecuentemente han caído los legisladores americanos, imprimiendo en estos códigos políticos un carácter de inmutabilidad que se opone a la adopción progresiva de las ventajas que el tiempo y la práctica van señalando como necesarias."*

Meditando en torno a tales conceptos, continuó con la tarea de hacer un resumen de las obras del prócer durante sus mandatos. Varios de sus decretos le parecieron adelantados para la época. Y así los fue fijando en su cuaderno:

Al prócer correspondió gobernar en el periodo más inestable de la naciente república. La mano dura de Bernardo se había eclipsado y fue despreciado. Con responsabilidad, honradez política -virtud proverbialmente mezquina entre los políticos- Freire intentó imponer ideas liberales y federalistas contrarias a los intereses conservadores de la aristocracia castellano-vasca. A su favor: los pencones de Concepción que desde la Colonia enarbolaban autonomía; asimismo Valdivia y Chiloé, eternos desconfiados del gobierno central; Coquimbo, intransigente grito libertario nortino, clamaba mayor representación.

Todo indica que Ramón desconocía la sentencia del Quijote: "Hasta aquí no más llegamos": nos topamos con la Iglesia, pues su gobierno decretó la reforma de las órdenes religiosas en anomia desde las luchas independentistas. Además, dictaminó la confiscación de los bienes del clero con el sano objetivo de ayudar a saldar el gran déficit fiscal. Impía y solemne decisión que trajo por consecuencia la ruptura de relaciones con la Santa Sede y el regreso a Roma del vicario apostólico Juan Muzi.

Con la oposición del conservador Mariano Egaña, precursor de la tesis que los dueños de esclavos debían ser indemnizados de acuerdo a sus precios, se firmó la ley que otorgó libertad absoluta a los esclavos. Determinación en la que deben haber influido los combates del general, librados junto al Batallón de los Pardos y que transformó a Chile en el segundo país blanco, después de Dinamarca, que abolió la esclavitud.

En una resolución absolutamente innovadora, adelantada a sus tiempos, el Presidente impuso la creación de un palco especial en el Congreso para que las mujeres asistieran a sus sesiones. Igualmente ordenó que la palabra Patria fuera reemplazada por Chile en todos los documentos oficiales.

Articulados de apoyo a la educación pública gratuita fueron concretados. Se creó la Academia Chilena, dividida en tres secciones: Ciencias Morales y Políticas, Ciencias Físicas y Matemáticas y la de Literatura y Artes. Con humanidad, suprimió en el código penal medidas cavernarias: apaleamientos, torturas y latigazos en plena plaza de Armas.

En sus gobiernos, el periodismo creció en publicaciones y en libertad de expresión. En 1827, Diego Portales sacó El Hambriento, que editorialmente se presentaba como "sin literatura, impolítico, provechoso y chusco". Los pipiolos reaccionaron lanzando El Canalla, que, sardónicamente, presentaba a sus redactores como honrada gente de humor y buen gusto. A ofensa limpia dirimían los bandos, insuflándose odios políticos. Jornadas de prensa en que en Valparaíso nació El Mercurio, hoy el más antiguo de América.

Buscando solución a la carencia económica gubernamental y al endeudamiento externo con Londres, se otorgó a la Casa Portales Cea y Cía. el monopolio de las ventas del tabaco, naipes, té, licores extranjeros, a cambio de que cancelaran los dividendos del empréstito. Fracaso rotundo, negociado para el ente privado y fortalecimiento del déspota líder conservador. Dos años después, en 1826, el Congreso acordó que el Estanco volviese a ser administrado por el fisco.

# Parlamento de Tapihue

En instantes en que Fabio estaba abstraído en sus notas, subrayando que en tiempos del presente milenio debería distinguirse el hecho de que Freire, en octubre de 1825, hubiese firmado con los mapuches el Parlamento de Tapihue, sonó su celular, violando el silencio del santuario literario. El pecado mortal hizo que una docena de críticos ojos intelectuales convergieran hacia él. Con la cola entre las piernas salió al pasillo:

- M´hijita, justo cayó tu llamada cuando estaba anotando que el nombre Tapihue en mapudungun significa Lugar de Ají y que corresponde a un riachuelo a kilómetros de Yumbel; que el Lonko Mariluan representó a los butalmapus y que por ese acto de Tapihue se ratificó al río Biobío como frontera entre Chile y el Ragko Mapu, Arauco en español.

- Ay, perdona mi prosaica interrupción, pero como todavía me quedan bombones y quiero compartirlos contigo...

Esta vez un café Starbucks de calle Agustinas fue el que endulzó paladares y coqueteos:

- Tengo dos noticias: una buena y una mala. ¿Cuál prefieres?

- Para no alargar el empacho: la mala.

- Bien. Te contaré que mi novio me escribió un whatsapp anunciando que llega este fin de semana. Por lo tanto no nos veremos.

- ¡Qué lástima! Pero esa situación siempre ha estado dentro del libreto, ¿verdad?

- Creo que para ti no es tan malo, ya que tendrás más tiempo para tu trabajo... ¿Cómo vas? ¿Has avanzado mucho?

- Por cierto. En esa sala no vuelan ni las moscas… Es ideal para concentrarse. Ahora, precisamente, estaba abocado a las expediciones realizadas por don Ramón para expulsar a los godos de Chiloé. Una faena llena de escollos, digna de la épica griega escrita por Homero.

- Vas a sonreír, capaz que no me creas. Sin embargo, al aprender esa etapa histórica en la secundaria me provocó tanta impresión que todavía retengo ciertos pasajes y apellidos.

- Carmencita, te pasaste… Entonces estarás al tanto de que el primer intento de expulsión fue un desastre comparable con el de Rancagua.


## Isla inexpugnable

- De eso me acuerdo y, si no me equivoco, corría 1824 al reaccionar los chilenos para conquistarla. Al mando de un tal Quintanilla, la isla se hizo inexpugnable. Siempre me pregunté a qué se debió ese fortalecimiento.

- Brevemente, trataré de explicarte. Pienso que su factor de insularidad fue fundamental: Chiloé forma parte de un gran archipiélago cuyo nombre genérico era Los Chonos. De difícil acceso, mar bravío, terreno accidentado, lluvia constante, bosques frondosos. Apenas fue descubierto, siglo XVI, los isleños sucumbieron a la fe y sermones de los misioneros católicos. Se identificaron con ellos y formaron milicias fieles al Rey, luchando contra la causa patriótica.

- ¿Tan buen trabajo concientizador hicieron los religiosos?

- ¡De joyería! Me arriesgo a decir que aún se sienten distintos. Ese fervor entonces los motivó al extremo de alistarse en tropas del virreinato del Perú. Antonio Quintanilla fue elemento primordial. Nacido en Santander, a los doce años llegó con su familia a Concepción. Hizo carrera militar junto al general Pareja, que lo nombró su ayudante con el grado de capitán de caballería. Sobrevivió a la derrota de Chacabuco. Escapó a Lima donde, al poco tiempo, el Virrey lo nombró gobernador de Chiloé. Enérgico, franco y conocedor de la región supo ganar el respeto de los isleños.

- Pero nosotros también teníamos excelentes militares. Ya te dije que Beaucheff, Tupper, Viel, Rondizzoni me siguen sonando en la cabeza.

- Tal vez se deba a que ahora son nombres de calles del barrio Club Hípico… En todo caso, como homenaje, es lo menos que podíamos realizar…. Con más calma, vamos a las derrotas:

- Todo partió mal. Vacío el tesoro fiscal, evitando ir a una guerra, se mandó a un emisario a parlamentar. Quintanilla lo rechazó. Frente a tal circunstancia, el Director Supremo se vio obligado a zarpar desde Talcahuano para intentar tomar la isla grande de Chiloé. En esas horas, los realistas eran poderosos en los mares porque desde Perú habían recibido barcos, oficiales experimentados, contingente y dinero para saldar sueldos. Entraba el otoño cuando los patriotas comenzaron a cosechar derrotas en su meta de conquistar Castro. Carentes de preparación, la selva húmeda, los trepoales impenetrables -árboles excesivamente ramosos-, senderos arcillosos, pantanos, lodo, fango, tormentas inclementes y enemigos parapetados tras grandes troncos, los convertían en blanco fácil de cañonazos, disparos e incesantes cargas enemigas. Cada jornada sumaba más cadáveres y pérdidas de caballos, bayonetas y municiones.


## La revancha

- En condiciones tan inhóspitas ¿de qué servía la experiencia de los extranjeros? impresionada inquirió la joven.

- Carmencita, aquí su expertiz en guerras europeas se hacía agua. A los apellidos franceses que recuerdas, agrega los leales Thompson, Yorsin, Colbet y Young. Al cabo de un mes de lucha los realistas nos demolieron. Un consejo de guerra recomendó al general la retirada. Mocopulli y Dalcahue serán para siempre sinónimos de tragedia militar.

- Estremecedor el relato que, además, muestra a un Freire receptivo; capaz de escuchar y reconocer errores. Distante del héroe soberbio, irresoluto, que pintan sus detractores. ¡Tendrán conciencia los cabros de hoy las vidas que ha costado armar este país! En todo caso, entiendo que luego vino la revancha.

- De inmediato, no. El naipe de las relaciones internacionales empezó a jugarnos cartas alevosas. Tiburones grandes mostraron sus dientes insaciables. El rey Fernando VII amenazó con enviar un poderoso ejército para reconquistar los países perdidos en sur América. El ambicioso Simón Bolívar, entronizado en Perú, invocando pergaminos virreinales que daban a ese país potestad sobre el sur chileno, amenazó con enviar tropas a Chiloé si no expulsábamos pronto a los españoles. En tratativas con el general Quintanilla, el codicioso venezolano, en afán de incorporar el archipiélago a Perú, incluso le argumentó derechos históricos incontestables.

- Te prometo que, previo a mandar la segunda expedición, jamás pensé se hubieran vivido jornadas de tanta incertidumbre.

- Así fue. Y en tan arriesgado escenario es que la figura de Ramón se agiganta al obligarlo a aplicar inteligencia y astucia. Aprovechando que en Perú las tropas independentistas habían derrocado a los españoles, insistió en su estrategia de convencer a Quintanilla para que pacíficamente entregara Chiloé. Nueva negativa. Entonces él, y nadie más, ya disuelto el poderoso Ejército Libertador -tres cuartas partes argentino- y con un Estado en bancarrota, tomó la acertada decisión de emprender la segunda expedición.

## Con financiamiento inglés

- ¿Y de dónde diablos sacó dinero para financiarla?

- Como diríamos hoy, aplicó criterio financiero. Yo agregaría que, aprovechando conocimientos comerciales adquiridos siendo joven en la empresa Mendiburu de Concepción, contactó a la Compañía

Inglesa de Minas que en el norte explotaba yacimientos cupríferos y los convenció de su propuesta. La negociación funcionó: los británicos le entregaron 100.000 pesos. En noviembre de 1826, en trece barcos, con 2500 hombres bien formados y equipados partió a reconquistar el archipiélago. En la cruzada lo acompañaron Borgoño, Blanco Encalada, Aldunate y los nobles franchutes. Las fuerzas realistas de Quintanilla eran similares pero fracasaron. Tras las batallas de Pudeto y Bellavista, se rindieron. En enero se firmó el Tratado de Tantauco que anexó para siempre el archipiélago a nuestra soberanía.

- Te atiendo y de nuevo descubro a un Ramón opuesto al personaje limitado y porfiado que dibujan los historiadores derechistas. Lo cacho astuto, cuerdo, hasta generoso. ¿Sabes qué más? ¡La charla está muy entretenida! ¡Señorita, plis, tráigame otro café con cheesecake de frambuesas!

 - Pídete otro igual para mí… Querida amiga, la guinda de la torta que lo fotografía aún más distinto al moldeado por los envidiosos se produce en la velada en que, ya firmado Tantauco, invita a cenar a su casa al perdedor general Quintanilla. ¡Escena versallesca, napoleónica! ¡Tapabocas para quienes lo tildaron de falto de educación, tosco, sin modales!

- Fabito, reconozco que con esa escena cinematográfica me has golpeado.

- ¡Fantástico! Prosigamos. Comprenderás el júbilo que produjo en Santiago la exitosa gestión guerrera: al tiro se tomó la decisión de licenciar al ejército para aminorar el terrible déficit. Con el mismo objetivo se vendieron a Argentina unos buques de guerra útiles. En lo administrativo, se dictó un decreto federalista que subdividía al país en ocho provincias que partían en Coquimbo y concluían en Valdivia y Chiloé. Además, el Congreso, aprovechando la inmensa popularidad ganada por Freire, decidió nombrarlo Presidente de la República. Los parlamentarios reconocían:

*Es el único hombre capaz de gobernar con desinterés y honradez para salvar la patria.*

Seis meses después, demostrando su desapego por los altos cargos, entregó la banda al argentino Manuel Blanco Encalada.

- Como mujer me emociono. Pasados dos siglos, me cuesta comprender de dónde sacó fuerzas para luchar contra todo el momiaje de entonces y con las patas y el buche jugarse por Chiloé. Tiene que haber sido capísimo. Un evento de otra galaxia. Nadie lo dice o escribe, pero él fue quien nos liberó dos veces del opresor español: ¡en Maipú-Espejo y en el archipiélago sureño! Los canallas escritores, en vez de enlodarlo, deberían ensalzarlo. Si tuviera un trago a mano, te proponía un brindis por Ramón... ¡Qué impotencia!: Igual choquemos cucharas contra tazas para que suenen como si fueran cacerolas de protestas.

- Ya te salió la izquierdista. ¡Buena idea! Metamos bulla... Oye, ya llevamos harto rato platicando, me dijiste cual era la mala noticia pero nada de la buena...

- La buena consiste en que, puesto que el fin de semana lo tengo bloqueado para mi noviecito, hoy, ¡sin ninguna gota de alcohol en la cabeza!, te invito a que vayamos a Mosqueto... Compré el tema hit de Los Nocheros, ese que dice: Voy a comerte el corazón a besos...

# CAPITULO VI
# HERMANOS CONTRA HERMANOS

## La carnicería de Lircay

Septiembre debutó en el calendario. El periodista escogió el primer miércoles para volver a efectuar el paseo nocturno por el cementerio. Aún tenía frescos los datos que días antes obtuviera en la sala José Toribio Medina, atingentes a los sucesos políticos vividos por Freire en el segundo quinquenio de los años veinte del decimonónico.

Nerviosamente había manuscrito aquellos inesperados y violentos sucesos en su carpeta:

Blanco Encalada gobernó dos meses de 1826; espacio en que aprovechó de poner a su hermano Ventura como ministro del Interior. Lo desplazó Agustín Eyzaguirre. 1827 debutó con el alzamiento del coronel Enrique Campino para nombrar a Francisco Antonio Pinto jefe de Estado. Solicitaron a Freire salir de su retiro en Aconcagua con el fin de sofocarlo. Un consejo de guerra insistió en proclamarlo Presidente. Al cuarto mes renunció. Con el apoyo de estanqueros, pelucones y o'higginistas, repusieron a Pinto. Operación que abrió las puertas de la historia a los portalianos, clausurándosela a pipiolos y federalistas.

Zumbando en su cabeza el pensamiento: ¡Ningún gobierno de país joven puede mantenerse en pie con tamaño descalabro!, tratando de aparentar naturalidad, se incorporó al grupo de interesados en el tour mortuorio. Sin embargo, su mente continuaba enquistada en el quinquenio final de los años veinte:

En fraudulentas elecciones de congresales, el gobierno inauguró 1828. A junio, el coronel Pedro Urrejola se sublevó contra Pinto. Ofrecieron el cargo a José Miguel Infante pero lo declinó. El refugiado español José Joaquín de Mora preparó nuevo proyecto de Constitución. Empujado por protestas revolucionarias, Pinto abdicó. El poder pasó a Ramón Vicuña Larraín que llamó a nuevas elecciones. En el desgobierno se sucedieron apellidos: Ruiz Tagle, Zenteno, Vidaurre, Novoa, Lastra, Bulnes, Ovalle, Errázuriz. Diciembre de 1929: estalló una revolución que enfrentó a facciones gobiernistas liberales con conservadores autoritarios. No hubo vencedores.

Excitado, trataba inútilmente de absorber las ya conocidas palabras del guía y se retrotraía a las horas violentas que entonces vivió el prócer:

En la tregua de ese verano el oficialismo una vez más puso el gobierno a disposición de Freire. Soñando con el retorno, O'Higgins intrigaba desde Lima. Diego Portales, experto conspirador, era apoyado por el general Joaquín Prieto en sus ambiciones de poder. En 1830, al ser designado ministro del Interior, Relaciones, Guerra y Marina del gobierno de José Tomás Ovalle, el día 15, en la batalla de Lircay, vio concretado su siniestro plan. Aquel día 15 de abril se vivió una de las páginas más dramáticas de nuestra historia: en Lircay se enfrentaron hermanos contra hermanos, bañando el campo de batalla con la misma sangre.

Estando en esa parte del recordatorio, el sonido del celular de Fabio repercutió en la ciudadela de los muertos cual si fuera bocina de ambulancia. Se apartó del grupo:

- ¿Dónde estás? ¿Olvidaste nuestro compromiso? Ya se fue mi novio, fue el lacónico mensaje.

Contestó con su mejor sonrisa; a pesar de que sus esfuerzos estaban en el objetivo de re enchufarse en los párrafos de su escrito sobre la emancipación:

En el feroz y desigual combate, las fuerzas de Prieto y Bulnes eran mayoritarias: 2.200 soldados contra 1.250 comandados por Freire y Tupper. A pesar de estar en desventaja, al comienzo las tropas gobiernistas dañaron a las milicias revolucionarias; finalmente fueron obligados a huir en desbandada a las orillas del río. Los persiguieron y masacraron con ensañamiento. Lircay quedó sembrado de chilenos heridos y muertos: eran los mismos compatriotas que una década antes habían luchado codo a codo por la independencia. El odio parido entre los bandos se tradujo en cientos de cadáveres. La bestialidad de los jefes pelucones se extendió hasta los extranjeros que otrora arriesgaron sus vidas por liberarlos del conquistador. Con encarnizamiento demencial, en una acción indigna, los generales Tupper y Bell fueron destrozados a lanzadas y sablazos. Mal herido, Rondizzoni logró salvar su vida. A don Ramón lo degradaron y condenaron a muerte; luego conmutaron la pena, desterrándolo a Perú.

Al periodista, las imágenes salvajes del combate le impedían atender las palabras del guía. Lo retrotraían a comparar conductas. Meses antes, siendo Freire Director Supremo, tras sofocar un golpe que intentaba derrocarlo -con Prieto y Zenteno confabulando para traer a O'Higgins-, una vez apresado el grupo traidor, recomendó que les conservaran la mitad de su sueldo y les permitieran elegir el país donde exiliarse. Sobresaltando a los turistas, exclamó:

- ¡Lo tildarán benevolente pero sólo un predestinado puede poseer tanta nobleza!

Pidió disculpas e intentó de nuevo concentrarse en la perorata del cicerone que informaba en torno del Patio de los Disidentes:

- Acompáñenme hacia el costado izquierdo. Este sector se creó para enterrar a los cristianos no creyentes: luteranos, evangélicos, anglicanos, masones, ciertos judíos. Razón por la cual, como verán en sus lápidas, los sepultados son de origen europeo. Se les apodó disidentes porque discordaban con la religión oficial. Fue a solicitud expresa de la iglesia católica que en 1854 se creó el Patio, procediéndose a la construcción de un muro de siete metros de alto. El arzobispado argumentó que con tal medida el sector no se contaminaría con el resto del cementerio:

Es esencial que el lugar bendito esté materialmente separado del terreno profano.

En segundos en que Fabio elucubraba: Qué duda cabe que a esta consigna segregacionista podríamos atribuir parte de la xenofobia que nos marca, el anfitrión sumó:

- Previo a la construcción de este edificio, los disidentes fallecidos se enterraban en un basural ubicado en los faldeos del cerro Santa Lucía y a veces también se les tiraba en las afueras de este cementerio…

Descompuesto, sin querer oír más, prefirió dirigirse al panteón que motivaba su visita nocturnal.

# CAPÍTULO VII
# LOS FREIRE DEL PERÚ

## Drama familiar

Hace frío. Una densa neblina invernal posterga el acercamiento de la primavera. Las sombras nublan el barniz blancuzco de las ampolletas del alumbrado. Pisoteadas, crujen las hojas caídas. Alas danzarinas de pájaros rozan su rostro. La biósfera amenaza aguacero. Timorato, piensa:

Capaz que por el tiempo inestable no aparezca y sea un viaje perdido.

Recelo que en las puertas del mausoleo de los Valdés Freire es disipado:

- Va a creer, como es el Mes de la Patria, lo estaba echando de menos. Lo veo distinto, como que algo sucedió en su vida en estas semanas, es la recepción amable del prócer que lleva capucha y túnica fantasmal más abrigada.

- No sólo algo. Ocurrieron varias situaciones históricas en las que usted, por cierto, siendo el eje central, me ha impulsado a este reencuentro.

- ¡No me diga que insiste en su porfía de escribir un libro! No me refería a su investigación, iba a lo personal… Sus ojos tienen otro brillo, la voz, un tono distinto ¿Se habrá enamorado?

- ¡El ojito suyo! ¡Percepción innata! Mejor obviemos ese aspecto.

Lo que ahora me trae por estos senderos es que me cuente de sus vínculos con Perú. Una vez se lo planteé pero guardó silencio.

- Y ahora debería hacer lo mismo. Se trata de un drama familiar desconocido. Es uno de los capítulos más dolorosos de mi vida. Sin embargo, como ya pasaron casi dos siglos… Tiene que ver con la muerte de mi padre, Francisco Antonio. Yo era su regalón. Él soñaba con enviarnos a estudiar a España la carrera de las armas. Empezaba el 1800; buscando mejoras económicas que nos dieran mayor bienestar, partió a Perú. Enérgico, creó una empresa naviera, sin sospechar que lo llevaría a la muerte. Su barco naufragó en Callao y no sólo se ahogó él, sino también mi inolvidable hermano José Ignacio.

- Don Ramón, no fue mi intención mortificarlo. Usted era un adolescente...

- ¡Ya está hecho! El dolor es para que duela. El resto lo conoce. Mi madre, sin ingresos, desesperada, decidió regresar conmigo a su natal Concepción. Allá quedó la viuda de mi hermano, doña Rosa González. Acosada por los problemas, al corto tiempo, mi cuñada también viajó a Chile con su hijo Nicolás.

- Respeto sus justificados pesares, don Ramón. Son lamentables decesos. Sin embargo, entiendo que con su sobrino siempre tuvo una relación muy especial.

- En efecto. Estando en Santiago, Nicolacito estudió en la Academia Militar. Ya recibido, luchó con nuestro ejército en diversos combates contra el yugo realista. Por su valor y conocimientos ascendió al grado de teniente de ingenieros. Guerreó en Chiloé; participó en la batalla de Bellavista. Asimismo combatimos juntos en Lircay. Y tras la derrota. retornó a su patria.

- Y en Perú alcanzó todos los honores.

- Así es. Fue un militar y estadista prodigioso. Lo nombraron cónsul de Perú en Talcahuano. Por sus méritos, en la guerra civil del 1858 lo ascendieron a general y después fue ministro de Guerra y Marina.

- Me parece notable y, por favor, acláreme este aspecto. He oído tanto acerca de luchar un día en un bando y al siguiente en el otro, que tengo una confusión: ¿qué elementos hacen posible la existencia de esta constante cercanía en que se confunden las banderas?

- ¡Qué bueno que me lo plantee! El caso de Nicolás es paradigmático. No existe tal enredo. Ocurre que Chile y Perú desde siempre estuvieron hermanados geográfica y políticamente. Con diferencias, como corresponde, pero unidos. Tribus onas, mapuches, incas, diaguitas y mochicas negociaron en trueques; con quipus, cultrunes, tupus y trapelacuchas, mezclaron culturas. La llegada de los invasores nos dividió en virreinatos y capitanías -creyéndose superiores, nos miraban en menos- pero no impidió que marinera y cueca dialogaran y que siguiéramos luciendo el mismo color de piel. Combates más, batallas menos, las familias se cruzaron: Goyeneche, Unanue, Ugarte, Tagle, Torrico, Salaverry existen a los dos lados de la Línea de la Concordia… Sólo así se puede entender que el padre de nuestro gran Manuel Rodríguez fuera peruano y que también lo fuera la madre de Nicolacito.


## Bernardo y Ramón se unen

- Me quedó clarito el asunto y aprovecho para preguntarle, ¿verdad que durante su destierro en Lima intrigó con O'Higgins para venir a derrocar a la sociedad Prieto-Portales?

- Me nombró dos enemigos terribles. ¿Y sabía usted que por las venas del perverso Diego corría sangre peruana? Averígüelo. En cuanto a la conjura: por la acción me tratan de traidor a la patria y escriben que actué obsesionado por el poder. Falso. Cuatro veces decliné el poder. Acepto que en julio de 1836 organicé la expedición, pero lo hice para liberar a Chile de la feroz dictadura que ambos ejercían. Careciendo de financiamiento, buscamos ayuda en los generales Orbegozo y Santa Cruz, que nos facilitaron y equiparon dos barcos: el Orbegozo y el Monteagudo. El proyecto era invadir nuestro país. Uno de ellos alcanzó a capturar un fuerte en

Chiloé. La tripulación del otro se sublevó. Fui tomado prisionero y, por petición expresa de Portales, de nuevo condenado a muerte, pena que fue reducida a diez años de confinamiento en la isla Juan Fernández.

- Muy bien, correcto. Sin embargo, nada me ha dicho de la participación de don Bernardo.

- A él, los historiadores derechistas tratan de marginarlo de esta empresa, que dañaría la imagen de niño bueno que han pintado. Empero, insisto, ambos la concebimos con el idealista objetivo de salvar a la patria de una tiranía. Es mi palabra contra la de él y sus relacionadores públicos. Si quiere certificar los hechos, revise la correspondencia que entonces intercambiaron nuestros financistas. Si no me equivoco una carta empieza:

"Los generales O'Higgins y Freire son mis amigos, y ambos desean una variación en el gobierno de Chile (…)"

- No pongo en duda sus palabras. Sin embargo, hay algo que me supera. En 1823, al reemplazar usted a Bernardo como Director y él venirse a Lima, se transformaron en enemigos acérrimos. ¿Cómo es posible entonces que después se hayan puesto de acuerdo para derrocar un gobierno? ¿Se abuenaron? Si triunfaban, ¿quién sería presidente de Chile?

- ¡Vaya incertidumbre histórica! Créame, la respuesta no es compleja, lo difícil es que traten de entenderla. A menos que sean personas que hayan vivido el exilio. Lo de nuestra enemistad, es cierto. Mi admiración por él se había venido al suelo hacía mucho tiempo. Pero fuimos dueños de los mismos sueños. Habían pasado siete años cuando nos reencontramos. Por la patria superamos mezquindades y confabulamos. ¿De acuerdo?

- Pero, junto al río Rimac ¿hacían vida en común? ¿Se frecuentaban?

- Ser extranjero une en la adversidad. No obstante, procedíamos de distintas clases. Yo, neto producto de esforzada clase media, despreciador de los empingorotados, circulaba en mi entorno; él, hijo de virrey, educado en el Colegio San Carlos, cuna de los aristócratas que en Perú son más estirados que en Chile, frecuentaba esos salones. Para su capote, anote que cuando en 1823 llegó a Perú lo fue a recibir el presidente José Bernardo de Tagle, su condiscípulo de aula. ¡A cada rato le obsequiaban casas y hacienda!

- ¡Y para usted ni un suspiro limeño! Hartaza la diferencia. Pero todavía no me dice quién iba a ser Presidente en caso de ganar.

- Ese punto lo tocamos varias veces sin ponernos de acuerdo. Quedó pendiente para resolverlo una vez recuperado el gobierno. A través de los años lo he meditado mucho: en aras de mi país, lo habría cedido a Bernardo.

- ¿Y por qué él no dio la cara? Considerando que habían vuelto a ser amigos, era lo menos que podía hacer.

- He ahí una pregunta que debe hacer a sus publicistas. Con tal de mantenerlo inmaculado son capaces de inventar cualquier mentira piadosa.

- ¿Sabe? Como sea, me parece injusto que O'Higgins se haya quedado en Lima saboreando los pisco sours del Maury -hotel que ya en el siglo XIX preparaba los cócteles para el Palacio Pizarro- y que usted haya sido sentenciado a muerte y deportado a la isla-cárcel Juan Fernández. Muy famosa sería por Alejandro Selkirk o Robinson Crusoe, pero sólo se alimentaban de pescados y ensaladas de chonta. Reprochable por todos lados. ¿Es cierto que hasta allá llegó su sobrino a rescatarlo?

- Absolutamente. Nicolás Ramón fue mi regalón. Parece que fui su ídolo. Desgraciadamente, cuando llegó a Juan Fernández en noviembre de 1837, yo ya iba rumbo a Australia. Alertado el gobierno chileno de este salvataje, había mandado una goleta para que a los cuatro condenados nos trasladaran hasta Port Jackson, creo que ahora se llama Sidney Harbour. Así que me quedé con las ganas de abrazarlo, llorar juntos y añorar a nuestros familiares.

## Sobrino en el Huáscar

- General, no se me ponga tierno que nos queda bastante. Más ratito nos instalaremos en la Polinesia. Ahora déjeme informarle que siguen apareciendo Freire uniformados en Perú. Dos de ellos son sus nietos: Ramón y José Ignacio Freire Goytisolo. Frutos del matrimonio de Nicolás con Eustaquia Goytisolo Laos; el primero fue tercer jefe del monitor Huáscar que, durante la guerra del Pacífico, en el combate naval de Iquique, fue herido en una pierna.

- Me alegro que lleve mi nombre. Tengo que sentirme orgulloso, pues rescatan y enaltecen nuestra tradición militar.

- Mi general, en el ejército peruano hay más uniformados distinguidos con su apelativo, aunque pertenecen a los con ye: Augusto Freyre La Rosa y Antonio Villavicencio Freyre.

- ¡Como sea la i que lleven, son pájaros de la misma bandada gallega!  ¿O no?

- Si usted lo dice… Pero la guinda de esta torta patronímica la constituye el abortado Plebiscito de 1925 que solucionaría los nortinos conflictos geográficos por Arica y Tacna.

- ¿Cómo fue eso? Le confieso que al respecto no tengo muy clara la película.

- Le explico: pendiente de la Guerra del Pacífico de 1879, quedó el problema limítrofe. Se pensó que una consulta a los habitantes de aquellas ciudades sería la salida. ¡Craso error! Al final, teniendo como árbitro al norteamericano J.J. Morrow, en septiembre de 1925, se firmó el Tratado de Tarata. ¿Quiénes pusieron la rúbrica? Los embajadores plenipotenciarios Agustín Edwards por Chile y Manuel Freyre y Santander por Perú.

- Me desayuno. ¡En pro de la concordia, una simbólica representación de nuestros ancestros!

- Empero, no todos se fueron por el camino de los sables. En las letras existió la escritora Carolina Freyre Arias, que nació en Tacna. Poetisa, dramaturga, fue famosa escribiendo obras de teatro que exaltaron el patriotismo peruano durante los conflictos bélicos nortinos con Chile. Su hijo, Ricardo Jaimes Freyre, por igual literato, estuvo en Chile ejerciendo la diplomacia.

- Muy interesante. Aunque debo confesarle que yo, como muchos militares, nunca fui muy aficionado a escribir.

- A pesar de esa limitante, le contaré que hace un tiempo, cubriendo una presentación de autores peruanos, conocí a un oficial que poseía ambas condiciones. Nombre: Carlos Enrique Freyre, comandante del ejército de Perú y redactor de El último otoño antes de ti y otras exitosas novelas. ¡Ve cómo es posible la dualidad profesional! ¿Acaso usted en Tahití no se desenvolvió en distintas funciones?

- Escucho el nombre y mi mente se plaga de parajes edénicos con aterciopeladas temperaturas nocturnas. ¡Qué delicia! ¡Quels souvenirs! Y yo aquí tiritando sin que nadie me haga cariño. ¡Menos mal que me puse esta túnica de lana y el capuchón!

# CAPÍTULO VIII
# IA ORANA TAHITI

## El patio de nuestra casa

Deteniéndose por segundos frente a los panteones pertenecientes a los Ovalle Errázuriz, Marín Balmaceda, Vicuña Zorrilla, por la calle Nieves Montt de Dole, la misma en que se levanta la del ex Director Supremo, viene una pareja de adultos:

- Me la ganó el frío. Demasiado latoso el guía. Hicimos bien en devolvernos.

- Hablaba y hablaba y no se daba cuenta que todos estábamos tiritando.

Tal era su diálogo que varió al pasar frente al periodista:

- Señor, teníamos una apuesta. Como desde lejos lo vimos gesticulando solo, yo dije que usted debería ser un actor ensayando un monólogo. Mi marido en cambio sostuvo que podía ser un político probando un discurso…

- Usted ganó señora. La felicito ¡Que tengan muy buenas noches!

Apenas se alejaron reapareció el prócer:

- ¡Y para que les mintió diciendo que era actor!

- Es que nuestro oficio se parece muchos al de los histriones. ¡Seguidito tenemos que hacer teatro! Aprovechemos entonces para que narre sus andanzas en ese paraíso de Oceanía, en el Tahití que los aborígenes saludan Ia Orana. Le atribuyen tantas leyendas. ¡Poco menos que a usted lo pintan vestido de rey y rodeado de princesas que lo abanican! ¿Por dónde quiere que empecemos? Se nota que estas añoranzas le agradan. ¿Le parece que nos sentemos en el mismo banco de la otra vez? ¿Es verdad que en el amanecer de Tahití el cielo se destiñe y pasa de un azul a un rosa mágico y fantástico, iluminándola con tal nitidez como si en ese instante estuviera siendo creada? ¿Qué lo hizo dejar Sidney para instalarse en la isla?

- Esencialmente obedeció a mis deseos de acercarme a Chile para estar informado de lo que ocurría en la guerra que sosteníamos con la confederación Perú-Boliviana. La isla está en medio del camino entre Australia y nuestro territorio; es la mayor del Archipiélago La Sociedad, conformado por una decena en que se encuentran, entre otras, Bora Bora, Morea, Raiateia, Huahine, Las Marquesas. El traslado desde Sidney se facilitaba debido a los muchos barcos balleneros que surcaban esas aguas.

- En ese mercado internacional, ¿qué papel jugábamos nosotros?

- El hecho no es muy difundido, más yo sabía que en ese momento, Chile era uno de los países que más comercio tenía con ellos. Competíamos con Inglaterra, Estados Unidos y Perú. Tanto cabotaje hizo que muchos investigadores desarrollaran la tesis de que el Pacífico era el patio de nuestra casa y que perdiéramos la oportunidad de formar un imperio con islas polinésicas.

- Me desayuno. Me puede ampliar lo del Perú.

- El auge de ellos era muy comprensible pues fueron sus descubridores. En 1774 el virrey Manuel Amat y Juniet, que estuvo en Chile como gobernador, ordenó al marino español Domingo de Bonechea organizar la primera expedición que llegó al islote. Más adelante apareció el británico James Cook.

- Excuse mi ignorancia. Nosotros, ¿qué comprábamos o vendíamos?

- Al margen de que nuestra clase alta se interesara por sus productos exóticos: perlas, nácares, abalorios, aceite de coco, plátanos, caña de azúcar, y mandáramos maderas, minerales y trigo, la posición geográfica de Valparaíso era tan espectacular que lo convertía en el puerto más importante para la Polinesia.

- Lástima que con la creación del canal de Panamá, todo después se viniera abajo. Lo cuentan las crónicas. Don Ramón, please, explíqueme de qué manera logra enchufarse en ese ambiente. Porque hay varias versiones...

- No pierda tiempo detallándolas. La única verdadera y hasta por ahí no más es la que dice que fui ayudado por el belga Jacques Antoine Moerenhout, un empleado de aduanas del puerto de Amberes, en Bélgica, que en 1826 había estado en Valparaíso cumpliendo tareas de secretario en el consulado de los Países Bajos. Sagaz, codicioso, usando Valparaíso y el peruano puerto de Cobija, comenzó a mezclar su trabajo diplomático con las importaciones desde los mares del sur. El ir y venir lo encontró a comienzos de 1831 en nuestras costas. Conocido en la sociedad porteña, contrajo matrimonio con la bella joven criolla Petronila García de la Huerta, llevándosela a Tahití. Junto a esas palmeras, la fortuna lo hizo acreedor del apodo El rey del nácar.

- De buen padrino se hizo usted. Aunque yo sospecho que él, habiendo vivido en nuestro país, lo conocía a la perfección. He leído que Jacques Antoine al verlo tan desvalido, preocupado sólo de Chile y su familia, lo contactó con amigos franceses. Uno de ellos fue el almirante, escritor y oficial de la Legión de Honor, Abel du Petit Thouars.

Coincidente con el comentario, repicó su celular:

- Veo que te olvidaste completamente de mí. Aquí estoy esperando como huevo a la copa. Y yo que te tenía una sorpresa. ¿Vamos a ir o no a los jueves cuequeros?

- Sí, sí. Dame unos minutos. No te pongas nerviosa… Es una amiguita que tengo, se justificó ante el general.

- Así que está pololeando. Veo que le acerté al decir que lo encontraba cambiado. Ya era hora que pisara el palito… ¿Cómo se
llama?

- Carmen… le digo Carmencita, pero no es nada serio…

- Con las Carmen todas las cosas son en serio… Se lo digo yo. No
me haga recordar… Tráigala para conocerla.

- Va ser difícil. Ella no cree en fantasmas. Dice que estoy rayado,
que me sigue la corriente porque le caigo bien. Usted sabe cómo
son las mujeres. Hablando de féminas, volvamos a Papeete, la capital de Tahití. Estábamos en la ayuda que le prestó el Antoine.

- Nunca he negado su colaboración. En efecto, me introdujo en
la corte de Pomaré IV. La reina era hermanastra del fallecido rey
Pomaré III y había subido al trono después de una larga guerra
entre su clan y la tribu de los Tova. Luego, el belga retornó a sus
actividades diplomáticas convirtiéndose en representante consular
de Francia en la Polinesia.

- Don Ramón, hay quienes afirman que en esa amistad influyó
el hecho de que usted siempre se llevó bien con los García de la
Huerta. Lo respaldan diciendo que años después dos de sus hijos
se casaron con chiquillas de ese apellido.

- ¡Eso sí que no lo acepto! ¡Infundios de tamaña naturaleza me
trastornan! Pertenecen a mentes podridas que me persiguen hasta después de muerto. ¡Jamás fui un arribista! Hasta aquí nomás
llego. Me retiro…

- ¡Ya se puso mal genio! Aunque le desagrade tengo que contarle
que, por mera coincidencia, detrás de su mausoleo se levanta otro
de la familia Freire García de la Huerta.

- ¡Y qué tiene de malo! Lo conozco. Es el de mi hijo Zenón… Me
retiro, me retiro.

- ¡Cómo se va a ir ahora si recién empezaba a darme luces del idilio que mantuvo con Pomaré!

- Mayor razón para volver al ataúd. Buenas noches para usted, porque para mí ha sido una pésima velada…


## Cuecas choras

Mascullando: ligerazo de genio es mi general, en el primer taxi que cruzó por avenida La Paz montó Fabio rumbo a calle Mosqueto. Apenas vio una botillería, bajó a comprar una botella de ron cubano y se conformó:

- Con este Matusalem arreglo lo del atraso y si le canto lo del Gogo Andrew, seguro que se ríe.

Apresurado, tomando aire en los descansos, subió los cincuenta escalones. Golpeó la puerta: no le abrieron. Cariacontecido insistió: silencio al cero. Supuso: Perdí. Se mandó cambiar. Tercer intento y nada: La cagué. Y todo por don Ramón.

Nueva insistencia: el pórtico de par en par:

- ¡Te asustaste, huevón! ¡Eso te pasa por darle tanta bola a tus fantasmas!

Con la presencia del Matusalem y al oír entonar el hit argentino, ella recuperó su talante:

- El departamento en el cuarto piso/ pleno centro de la ciudad/ Hoy ha vuelto Johnny, rey de los varones/ hace algunas horas nada más/ (…)

- Estás cantando bien, pero para variar puras canciones viejas. Cuando estuvieron de moda yo estaba en la cuna. Ja, ja, ja. Tengo harto que contarte, después hablaremos, ahora rajemos al tiro a lo del Huaso Enrique en el barrio Yungay. A la vuelta sacamos el aire al don Matu.

Tuvieron que hacer cola para entrar a la picá de calle Maipú. La fiesta estaba que ardía. Faltaba una semana para el Dieciocho y, como es costumbre, todo el país se ponía patriota y cuequero. El resto del año, si te he visto no me acuerdo. No quedaban mesas libres, pero a Carmencita, clienta regular, le hicieron hueco en una, cerca del escenario. En medio de la bulla, el periodista la oyó ordenar a una garzona vestida de china campestre:

- Para empezar tráete empanás fritas, después unas mechás con papas mayo y una jarra de pipeño con naranja.

Alternando con los ocho alegres compañeros de mesa, captando a medias un conjunto de cumbias, le explicó:

- Este negocio es re viejo, tiene como setenta años, es lo que me han contado. Fue re famoso; después, con la dictadura, la persecución a los guitarreros melenudos y el toque de queda se vino abajo. Ahora con los cabros que practican la cueca chora o brava volvió a irse p'arriba. Nada de corbatas ni ternos. A mí, que me gusta el folclore, la vez que vengo le saco virutas al piso…

- ¿Y dónde van a bailar los viejos que les gusta el estilo tradicional?

- Tendrán que ir a los hoteles. Aquí la cueca es con bluyín y zapatillas. Los jóvenes hasta se besuquean. Y nadie se asusta. ¡Cacha! Ya van a empezar a tocar los regalones de la casa: Los Dragones.

- Ese nombre me recuerda a los fieros granaderos que acompañaban a don Ramón en…

- ¡Córtala! ¡Estai rayao! Olvídate un rato del finao. Salgamos a la pista. Atrévete…

- Estai más loquita. En música chilena me quedé en Yo me enamoré del aire ¡Ay! Del aire me enamoré… Baila con otro…

Debido a la porfía, tallas, risas, imitando a los compañeros de mesa, con los compases del Guatón Loyola no le quedó más que apechugar. Pista repleta. Añorando coreografías clásicas, sacó un pañuelo y se plantó a un par de metros. Antes de escuchar *En el rodeo de los Andes, comadre Lola, le pegaron un puñete*, recibió el primer empujón. Al suelo voló su pañuelo y ella gritó:

- ¡El paseo ya no se usa! Ahora se va de frente al tiro. Los pasos son lo de menos. ¡Dale como sientas la música! ¡Sígueme!

Turbado miró a los demás. Trató de imitarlos. Con cara de marciano esperaba oír ¡Vuelta!, el golpeteo en los platillos del bombo y la orden que no llegó nunca. Finalizada la primera pata, achunchado, claudicó en su afán de ser bailarín criollo. Volvió a la silla. Chocó vasos. Aguantó bromas. Carmen lo premió con un gran beso y fue la más gráfica:

- ¡Amorcito re lindo! Nunca creí que se iba a retirar a la primera. Parecía que estaba bailando manseque la culeque. Pero no se preocupe: conmigo va a aprender muchas cosas.

Brindis por sus ocurrentes frases. Risotadas. Tuteos e intercambios como si se hubiesen conocido toda la vida. Aparición de los pedidos. ¡Aquí la mechá no falla! ¡Está de caramelos! En la pista las parejas brillaban, agonizaban, revivían. ¡Quién dijo que estábamos en recesión! ¡Ja! ¡Ja! ¡Salud! A medianoche, el animador se adueñó del micrófono para anunciar:

- ¡Y ahora viene lo mejor! ¡Lo que hacemos todos los jueves! ¡Elegir la mejor pareja de la noche en cueca chora! Haciendo sonar el pandero, la batería, y las letras pícaras, la agrupación de moda: ¡Las Cantineras!

- Fabito, no te enojes, pero prefiero no quedarme al concurso.

- Bah. Y yo que pensaba que hasta ibas a participar.

- No… no. En otras ocasiones ya lo hice. Incluso una vez me lo gané haciendo pareja con mi novio… Por eso prefiero que nos vayamos. En el departamento, te cuento. Además, creo que es la hora justa para sentarse a conversar con el abuelo Matusalem.

# CAPÍTULO IX
# CINCO MUJERES

## El triángulo polinésico

De la radio del taxi que ellos escogieron para regresar a Mosqueto brotaba música con aires polinésicos. Sin que le preguntaran el chofer cooperó:

- La que canta es Lorena. Linda la muchacha. Claro, cuando era joven. Porque hace como treinta años que ganó el Festival de Viña. Quizás que hará ahora, se auto-interrogó.

- No falla, siempre los taxistas son conversadores. El hombrón está informado, comentó él.

Mirando al conductor a través del espejo retrovisor, ella apuntó:

- Señor, ¿sabía usted que esa música tan cadenciosa también nos pertenece?

- Imagino, ya que el tema se llama *Rapanui, mi amor* y en la tele se pasan ofreciendo viajes a Isla de Pascua.

- Y otra cosa más para que le cuente a sus colegas. Nuestra isla es tan importante que forma parte del triángulo polinésico fundamental: Hawai, Las Marquesas, Rapanui. Todos los años, en una de ellas, van rotando, en el mes de febrero se efectúan encuentros culturales con ceremonias, bailes, cantos, discursos, curantos de atún en piedras calientes y hojas de palma.

- ¡Y desde cuándo eres tan perita en la materia!, la miró sorprendido el periodista.

- ¿Trabajo o no en una biblioteca? ¿Acaso tú no me involucraste en la existencia de Ramón? ¿Cómo ayudarte? Decidí entonces indagar acerca de sus cinco mujeres esenciales. En su altar de valores, por la valentía con que siempre enfrentó a los españoles, el primer lugar lo ocupaba su madre Gertrudis Serrano Arrechea. Enseguida su esposa Manuela Caldera Mascayano, ya que sin su fortaleza jamás habría conseguido que Bulnes lo amnistiara, le asignara una pensión miserable y le devolvieran su hacienda Cucha Cucha donde, con dolores y sin gloria, terminó sus días, enfermo de cáncer.

- ¿Y a quién más sumas en tu inventario?

- A Pomaré IV, que tú ya ubicas. Poderosa majestad de los mares del sur. Al investigar, supe que su nombre de plebeya aborigen era Aimata y que su fuerza radicaba en ser la primera mujer que se colocaba la corona. ¡Una adelantada!

- Confieso mi asombro. O sea que también te enteraste de Paul Gauguin y sus desventuras. ¡Quién iba a creer que sus pinturas, que truequeaba por arroz, té, fideos, azúcar, tabaco de mascar, años después se transarían en miles de dólares!

- Ya lo creo. Lo de él se produjo en décadas posteriores, época en que vivía la reina Marau, viuda del último soberano Pomaré. Empero conociendo sus miserias y formas de acercarse al amor adolescente de las bellas nativas Téhura o Pauraa, supe de la cultura de las vahines, sus coronas de tiaré, las poe, el mutoi, el raatira, la fare. Pensando en ti, averigüé en torno a sus varuas y tupapaus, es decir sus espíritus y fantasmas.

- Estoy anonadado. Eres increíble. ¿Y qué pasó con la reina de Tahiti?

- Como ocurre con toda la existencia de Ramón, en lo que respecta a su lado sentimental, siendo el gran objetivo deslucirlo, minimizarlo, convertirlo en sombra, los historiadores actúan con idéntica añagaza. En consecuencia, hay poco material al respecto.

- Sin embargo, nadie borra la existencia de su vinculación monárquica.

- Evidente. Imposible negarlo, ya que constan documentos atestiguando su participación en trascendentes sucesos políticos isleños. De igual forma habría certeza en cuanto a que Pomaré, ya que lo conocía a través de Moerenhaut, fue quien lo llamó para entregarle los cañones de un buque que marinos chilenos habían abandonado en esas playas.

- ¿Se sospecha la forma en que aparecieron tales restos en aquellas lejanías?

- Claro. La especulación indica que pertenecieron a El Araucano, de la escuadra de Lord Cochrane, bergantín que había sido enviado desde México a Perú en busca de alimentos. En uno de esos puertos, treinta marineros peruanos se amotinaron, expulsaron a los chilenos y con el propósito de dedicarse a la piratería se dirigieron a la Polinesia. La aventura capotó en Tubai, una de las islas tahitianas. Lo señero es que Ramón, astutamente, rechazó la oferta y, a cambio, ofreció a la soberana enseñar a sus soldados a operarlo.

- Es decir, astutamente, lo transformó en un buque-escuela, como nuestra actual Esmeralda… Amigo chofer, ¡no vaya tan lento que no vamos a llegar nunca!

- Es que el pelambre está muy entretenido… No se preocupe.

- Querido, lo importante es que la inteligente alternativa sirvió para que los vínculos entre ambos se consolidaran. Ramón, apuesto, culto, viajado, viviendo el reposo del guerrero con sus cinco décadas a cuestas, calzaba justo con la femineidad treintona de Pomaré. De ella, los detractores han reproducido gráficas en que se ve gorda, desprolija; sin embargo en retratos juveniles sugiere bellas formas, senos turgentes, labios carnosos, mirada melancólica y, por cierto, con la tradicional flor tiaré sobre la oreja. Se hicieron inseparables. Ya no fue necesaria la presencia de Petronila García de la Huerta, que variadas veces ofició de intermediaria.

- Con lo que escucho, apareces respaldando a quienes muestran a un Freire ejecutivo, equilibrado, prevaleciente, ocupando los cargos más altos de aquella nación. Aparentemente era un hombre feliz.

- Pero únicamente en apariencias. En el amor le iba más o menos no más. Se levantaba mirando hacia Chile. La comprensión que encontró en Tahití fue insuficiente para reemplazar el cariño que profesaba a su esposa. Apenas pudo abandonó a Pomaré y sus románticos atardeceres, mirando mezclarse el sol rojo del horizonte con el azul profundo de las aguas. A pesar de que hay personas que alimentan su leyenda oceánica, narrando que en esas playas dejó descendencia… ¡Cómo se alargó la conversa! Ya llegamos….

Al interior del departamento, el frescor nocturno de la brisa septembrina hizo que masticaran el aromático trago caribeño.

- ¡Uf! lo huelo y me siento trasladado al mesón del Monseñor en la Habana. Desde ahí, a través de un gran espejo de marco dorado, diviso a Bola de Nieve deslizar sus dedos por el teclado del piano y, mostrando los albos dientes, confesar:

Yo soy negro social/ soy intelectual y chic/ Y me fui a Nueva York/ Conozco Broadway, París/ Soy artista mundial/ y no digo más cha cha/

- Ya, párala. No me saquís pica con tus viajes. Ya me tocará a mí…

- Es que este artista cubano era fabuloso. Su nombre de poeta era Ignacio Vila. Actuó en cabarets franceses y de Buenos Aires. Estuvo varias veces en Chile. Cuando llegó Fidel y persiguió a todos los homosexuales, a él no lo tocaron porque era socialista y lo dejaron instalar su exclusivo negocio.

- Muy lindo el chascarro, pero aguántate porque debo contarte un par de cosas que sí te interesan. ¡Toma!, -le pasa una fotocopia- la obtuve en la sección Referencias Bibliográficas de la Biblioteca. Revísala… Voy a buscar unos cigarros ¡Toda la vida se me pierden!

Bastó el título del viejo artículo publicado en la revista Semanita, de 1927, para que concentrara su atención en El amor: otra causa del odio entre dos próceres.

En los primeros párrafos, el autor enumeraba una serie de conflictos que a lo largo de sus existencias enfrentaron a O'Higgins y Freire. Por igual, reconocía que el peso específico de ambos era el más gravitante de la historia de la independencia nacional.

A renglón seguido, apuntaba el foco de su análisis al aspecto sentimental. Se preguntaba: ¿Qué hubiera sucedido en Chile si Ramón contrae matrimonio con doña María Nicolasa Isidora de las Mercedes Toro-Zambrano, nieta del conde de la Conquista Mateo Toro-Zambrano y Ureta, heredera del título del mayorazgo y de las vastas tierras ocupadas por la Hacienda de la Compañía en Graneros? En su segunda inquietud planteaba: ya Freire convertido en noble, ¿Bernardo lo habría seguido perjudicando con sus decisiones, como lo hizo al nombrarlo intendente de la empobrecida provincia de Concepción? Odio materializado en el mismo período, al ordenar al ministro Rodríguez Aldea a acusarlo de malversación de fondos por el envío de una exportación de trigo a Perú.

Tales eran sus cavilaciones cuando Carmen volvió al living fumando:

- Veo que estás metido. Sírveme otro roncito. A mí, me pasó lo mismo. Todavía no puedo comprender la jugada cabrona de O'Higgins. Si el Ramón lo único que sabía era admirarlo; trasmitía que lo quería como a un padre y fueron tan compinches…

- Inseguridad, temor, vanidad, creo que esas hierbas empezaron a envenenar su alma. Él sabía perfectamente que por desaparición del hijo del Conde después de la batalla de Maipú, los títulos caerían en su hermana Nicolasa. También estaba al tanto de que la viuda de don Mateo, doña Josefa Dumont de Holdre y Miquel, le había echado el ojo al pintoso de Ramón para que la desposara y se quedara con los bienes que incluían su mansión colonial a metros de la plaza de Armas.

- ¡Ah!, se me empieza a aclarar la película. El Beño al ver que a su discípulo Moncho le crece el pelo y puede llegar a ser influyente y platudo conde, muerto de envidia -¡Mercadería aparentemente increíble entre héroes rotitos!- decide salirle al paso con la más sucia de las jugadas: privarlo de su floreciente amor.

- Tal cual. Mueve todas sus influencias. Saca de la carrera matrimonial al gil de Ramón y pone en la pista, -¡Ándate de espaldas!-, a su oscuro secretario. Lo que oyes: a Juan de Dios Correa de Saa y Martínez, hijo de un amigo suyo que era contador de la Hacienda Pública. Al joven, sin moverse de su escritorio, le cae el número premiado y se casa con la condesa. ¡Qué tal!

- Espantoso. Y al pobre Ramón, ¿con qué lo consuelan? Porque esa carajada era para desafiar a duelo.

- Él, estimo yo, no necesitaba de casorios para ser noble. Postulo que esa posible unión no habría cambiado el destino de Chile. El arrojo y don de gente que exhibía combatiendo lo acompañaba en su vida diaria. Continuó siendo intachable. Después del despecho, le asignaron más tareas complejas y combates cruentos hasta que volvió a enamorarse.

- Me vas a perdonar, muy caballero sería tu Monchito pero yo sospecho que el terrible agravio se lo guardó, esperando el minuto preciso del desquite. Nadie me saca de la cabeza que se cobró la revancha cuando lo botó de Director Supremo.

- Yo también he escuchado esa versión. En todo caso fue pelea de perros grandes. Carmencita, mucho bla bla y todavía nada de la cacareada sorpresa.

- Calma, calma amiguito. Ya viene. Mientras tanto, léete este otro regalito histórico que hallé en la misma sección… Voy a entibiar unos pastelitos…

Árvore Genealógica de don Ramón Freire Serrano rezaba el encabezamiento del documento reproducido. Entregaba parentescos directos, lugares, fechas relativas al prócer. Indudablemente hacía referencia a su matrimonio con Manuela Caldera Mascayano y sus cuatro hijos. No obstante, lo que sorprendió al periodista es que, además, daba cuenta de un primer matrimonio con su prima Carmen Serrano, dejando constancia de que con ella había engendrado dos hijos: Carolina y Rafael. Situación sentimental que se habría consumado alrededor de 1825, cuando él se debatía para mantenerse en la primera magistratura del país.

Trataba de atar cabos cuando volvió su compañera con unos pasteles mil hojas:

- Para que endulces tu ácido corazón, apostilló. Lo penoso es que haya muerto la niñita que tuvieron.

- Ya lo creo. Y también es triste que no se hayan podido casar porque la Iglesia prohibía el matrimonio entre primos; lo consideraba un pecado.

- Está visto que a pesar de su percha, tu ídolo no tenía mucha suerte con las conquistas. ¡Como que lo de la Nicolasa lo marcó! ¿Y qué pasó con el retoño?

- Vida normal, se casó, tuvo herederos, aunque siempre en un segundo plano. Sabes cómo son las cosas en este país, lleno de taras sociales. Hasta hace poco en los textos de historia escondían el gran romance de Ramón con Carmen.

- ¿En tu peregrinaje investigativo no trataste de ubicar algún descendiente?

- Contacté a varios. Gente muy sobria, quitada de bulla, profesionales universitarios. Uno de ellos me contó que el recuerdo más sagrado de la familia, y que guardan como hueso de santo, es un sable victorioso heredado del héroe.

- ¿Y qué hay de la leyenda de que él, no pudiendo cumplir su compromiso matrimonial, además de haber reconocido a sus hijos, les legó un fundo?

- Ignoro si fue finca o hacienda. Únicamente sé que el campo estaba en Concepción, se llamaba El Cosmito y era de su señora madre.

- ¿Y tú te fijaste en mí porque me llamo igual? A pesar que lo niegues, déjame con esa sensación de que fue así… Ahora te voy a contar la sorpresa que te preparé. Redoble de tambores: Tata-tatam!… Ahí va: ¡Terminé con mi novio! ¡Lo mandé al diablo! ¡Me aburrí de sus ausencias! ¿Escuchas la música que suena en el dormitorio?

- Sí, sí, son las burbujas de amor que el dominicano hace en la pecera.

- Pues bien. ¡Llena los vasos! Y vamos a la pieza porque ahora tendrás tú que dibujarlas…

# CAPÍTULO X
# EL ABOLITIO NOMINIS, SUEÑOS Y MANIFIESTO

## La Compañía de Filipinas

Dos días antes de Fiestas Patrias, el periodista, por tercera ocasión, se incorpora a la veintena de curiosos inscritos para conocer los secretos nocturnos del cementerio general. Esta vez, una señora de amable dicción es la encargada de informar. Fabio apenas escucha las frases de bienvenida, disimuladamente hace como que va al baño y se escabulle hacia el mausoleo de Freire. Desde el interior, la voz grave del prócer recomienda:

- Vi cuando se salió del grupo de turistas. Mejor vaya a darse una vueltecita. Una vez que pasen de largo, salgo y conversamos. Acuérdese de la ocasión en que lo trataron de loco al verlo hablar solo.

Respetando sus instrucciones, el reportero deambuló unos minutos por las callejuelas cercanas iluminadas. Le llamaron la atención el estilo gótico de ciertos panteones, sus empolvados vitrales, descuidados maceteros, las flores secas y putrefactas. Centenarias coníferas y cipreses, magnolios y jacarandás atrajeron su vista. Dejó pasar la comitiva de visitantes nocturnos y retornó. Con su inmaculado uniforme de fantasma lo aguardaba el prócer.

- Por la sonrisa que trae, en nada bueno debe andar. Estos días dieciocheros se prestan para cualquier cosa.

- Don Ramón, y otra vez pido disculpas por molestarlo, es que la última vez justo al hablar de su labor en Tahití usted se fue para adentro. Y en mi trabajo esta etapa es re importante. Por favor, sincérese, cuénteme qué sucedió en la isla.

- Es que no hay ningún secreto. Amplío lo antes expresado… Parto aclarándole que la obsesión chilena por el Pacífico Sur comenzó en tiempos del apogeo colonial español en nuestro país y América. Me parece que fue en la penúltima década del siglo XVIII, yo era un infante, en que se dictó un decreto real creando la Compañía de Filipinas. Por ese evento, la madre patria monopolizó el comercio hacia esas lejanas islas y, aquí entramos nosotros: sus barcos fueron autorizados para recalar en puertos de Buenos Aires, Chile y Perú, pudiendo de esta manera cargar productos locales para venderlos también en las Filipinas. Naturalmente, Chile carecía de gran cantidad de mercancías para exportar. Sin embargo, existiendo una clase realista pudiente, entró en auge la importación de seda, muebles, porcelanas que, por igual, copaban las otras colonias de España.

- ¿Significa que los que atribuyen el mérito de explotar Oceanía a don Bernardo, a Portales, Bulnes o a usted están equivocados?

- Así lo entiendo. Quienes se lo arrogan, mienten. Lisa y llanamente ese decreto real fue la llave maestra para abrir las puertas del hoy codiciado mercado Asia Pacífico.

- ¿Y cuál sería entonces su mérito?

- Muy sencillo. Por conversaciones con mi sobrino Nicolás, estaba al tanto de los intereses peruanos hacia esas latitudes. Instalado en Australia, un verdadero continente, adquirí mayores conocimientos y visualicé su inmenso potencial comercial. Ya en Tahití, por su ubicación geográfica y cercanía, me propuse incrementar nuestros vínculos hacia toda la Polinesia.

- En esa etapa, aventuro, gravitaba favorablemente su afectuosa amistad con la reina Pomaré.

- Señor Fabio, ¿conoce usted la sentencia medieval, los secretos de alcoba no se divulgan? La vez pasada, al mencionar usted a la soberana, me retiré. ¿Recuerda? Si insiste, haré lo mismo. Confórmese con oír, que para ella nuestro país no era desconocido pues, desde 1830 cuatro barcos chilenos recalaban anualmente con mercancías en Papeete.

- Está bien, me excuso. No obstante, quisiera me explicara un aspecto que apenas esbozamos la última vez: la guerra de las misiones.

- Tenga en claro que cuando nació Pomaré, en 1813 ya había hecho carne la pugna religiosa. Es decir, al asumir a los diecinueve años, se encontró en medio de un ambiente de intrigas confesionales entre franceses e ingleses que, biblia en mano, intentaban apoderarse del rico archipiélago. El ambiente de perversidad entre anglicanos y católicos era caótico. Razón por la que a ese período lo apodaron como la guerra de las misiones. Los ingleses se creían con mayores derechos, porque James Cook había anclado en esos parajes. Se vivía la etapa histórica por el dominio de ultramar. Amparados en su proyecto de expediciones de carácter científico, los franceses desembarcaron en Tahití propagando el catolicismo. La reacción británica fue violenta y entre 1835 y el 36 desalojaron a los misioneros galos. París reaccionó y envió al oficial de marina Abel Aubert du Petit-Thouars a pedir reparaciones a Pomaré.

- ¡Ah! Y usted como era amigo de los franchutes empieza a tomar cartas en el asunto.

- No, no, quien ordena el conflicto es mi amigo belga Moerenhout, que actuaba como cónsul de Francia. Reconozco, eso sí, que por mi formación, ejercí influencia ante ella para que declarara la libertad de cultos.

- ¿Y cuándo es que la reina lo designa a usted su ministro plenipotenciario?

- Tal suceso ocurrió antes de venirme. El almirante du Petit-Thouars, que representaba los planes expansionistas parisinos, a nombre de su monarca pretendió apoderarse del archipiélago. Pomaré, inexperta en asuntos internacionales, enfrentada a dos potencias mundiales, me pidió que la asesorara. Nos habíamos hecho amigos: confiaba en mí. Debí entonces usar toda mi capacidad de convencimiento para que rechazara las ofertas francesas y mantuviera la independencia de Tahití, lejos de las pretensiones del rey Luis Felipe de Orleans. Finalmente, en 1842, ella cedió. Tahití, La Sociedad y las islas Marquesas se convirtieron en Protectorado francés pero, para entonces, yo ya estaba en mi patria.

- Don Ramón, sus críticos -¡era que no!- lo enjuician porque desaprovechó las influencias que tenía sobre Pomaré para inclinarla hacia una decisión que convirtiera a Tahití en Protectorado chileno.

- ¡Y quién dijo que no lo intenté! ¡Era mi sueño! Geopolíticamente se había convertido en mi obsesión. Le hablé de nuestras minas, que ya eran exportables, las maderas de los bosques sureños, la agricultura, del sistema naviero operativo. Creo que estuve a punto de convencerla. Sin embargo, fue más fuerte el ascendiente que ejercía Moerenhout sobre ella. Casi pierdo la amistad con el belga. Le dije a Pomaré que a la larga se la comerían los franceses; que mientras ella viviera su pueblo conservaría la cultura y tradiciones isleñas. Conociendo a su hijo, le advertí que él no era el príncipe indicado para conservar la identidad cultural tahitiana… El tiempo me dio la razón.

- Clarificadora su explicación. En efecto, el heredero entregó todo. Hoy y para siempre esas islas son imperio acuático francés. Una duda me asalta: una vez que se fue a Cobija y posteriormente a Sucre a hacer tiempo para volver a la patria, ¿no mandó cartas a nuestro gobierno exponiendo su plan económico Asia Pacífico?

- Gracias por la pregunta. En la práctica viví dos temporadas en tierras peruanas o bolivianas. Mis sueños expansionistas permanecían intactos. Los oficios que cumplía para subsistir me dejaban tiempo libre. No sólo mandé cartas, el tema lo conversé a todos los amigos que llegaron a verme. Pero, ¿usted creé que a alguien le iba convenir dejar constancia de las inquietudes de un exiliado político? En sus investigaciones, ¿ha encontrado papeles que acrediten mis palabras? ¿No le parece extraño que no exista huella escrita alguna de mis setecientos días en el norte peruano? ¿Le suena el Abolitio Nominis?

- Ya le dije que mi italiano limita con los fetuccini al pesto y Pavarotti.

- Esta ley, la Abolitio, es hermana de la Damnatio que le enseñé al conocernos. Apunta a ese mismo afán perverso romano, pero centrado en sus escritos, documentos, crónicas, inscripciones. El personaje destruido únicamente se podrá salvar si los cronistas, rapsodas e historiadores lo rescatan. Le pasó a Nerón, Domiciano, Otón, Calígula y Vitelio.

- Prócer, reconozco que en la Escuela de Periodismo nunca me enseñaron estas materias. Gracias por sus enseñanzas.

- En afán de ser justo, debo agregar que los romanos, en contrapartida a su infamia, también crearon la Apoteosis. Decreto cuyo sentido era rendir homenaje público al personaje muerto y considerar que estaba preparado para volar al cielo de los dioses. Nubes en las que seguramente nunca aterrizaré… Amigo Fabio, se nos hizo tarde. Estoy viejito… Me voy a mi lecho de madera a dormir el sueño de los justos, donde estaba al llegar usted a interrumpirme.

- Don Ramón, por favor… Sólo dos minutos más. Por favor no se vaya todavía. Vine a despedirme, porque mañana nos vamos con Carmencita a Tahití. Tanto me oyó hablar de la isla que se encalilló con unos pasajes. Está entusiasmada con la idea de encontrar algunos Freire en esos paraísos.

- Amigo, lo del viaje es una gran noticia. En cuanto a lo otro…

- Mi General, además le tengo un par de regalitos por su tremenda amabilidad al darme la entrevista. El primero se lo envía la Carmencita. Usted ya la conoce. Le dije que a ella le gustaba el folclore, ¿se acuerda?  Como una vez hablamos que nunca un compositor le había creado algo, modestamente le hizo una cueca. En el celular se escucha clarita. Ojalá le guste. Ahí va:

…Tiquitiquiti/ tiquitiquiti/ La deuda/ la deuda ya se pagó/ gracias a una cantora/ de voz firme y muy valiente/ Con justicia corrigió/ la infamia de los dementes/. Ramón Freire se llama/ fue caudillo valeroso/ en la batalla chilota/ expulsó a los españoles/ Que viva y viva por siempre/el Director Presidente/ que no lo escondan de nuevo/pues la historia es consecuente/. ¡Viva Chile, mierda!

- ¡Cómo no me va a gustar! ¡Se pasó la Carmencita! La tuviera cerca le daba un abrazo y un beso. Primera vez que me escriben algo. ¡Mujer tenía que ser!

- ¡Qué bueno que sea de su agrado! ¡Ahora viene mi regalo! Claro que también tendrá que verlo en el celular… Observe… ¿Ubica esa calle y la propiedad con cuatro inmensas columnas, palmeras y jardín con bancas?

- ¡Menuda tarea me pone! La veo muy difusa… muy lejana. Parece que alguna vez anduve por esos corredores, pero no muchas...

- No se esfuerce más… Esa mansión era la del superintendente de la Casa de Moneda, don José Antonio Portales Larraín y su numerosa familia. Corresponde a calle Santo Domingo con Teatinos y en sus dependencias funciona la Dirección del Tránsito de Carreteras de Carabineros. Una gran placa informa que ahí vivió su amigo Diego, organizador de la República y asesinado en junio de 1837.

- ¡Y para qué me la mostró! Me trae malos recuerdos. Si alguna vez estuve en ese solar fue para pasar rabias. Un satanás siniestro. ¡Vaya sorpresita! Chao, chao.


## Su antiguo hogar: una Comisaría

- Don Ramón, espérese. Al fotografiar esas casas antiguas mi intención fue que recordara sus años de fama y a algunos amigos… Por ejemplo, Manuel Rodríguez Erdoíza. Esta otra foto pertenece a la mansión de su familia en Agustinas con Morandé. La propiedad pertenece ahora al Banco Central. Igual posee una placa, señalando que ahí vivió el legendario guerrillero e inventor de Los Húsares de la Muerte, alevosamente sacrificado el 26 de mayo de 1818 en Tiltil.

- ¡Nunca olvidaré esa trágica fecha, la más abyecta de nuestra independencia!

- ¡Estas arcadas sí que le tienen que haber sido conocidas! Mire bien la gráfica. Me atrevería a decir que se conservan casi iguales a los tiempos en que en estos patios de Merced 738, don Manuel Montt desarrolló su vida. Por cierto, igual muestra un letrero del Instituto de Conmemoración Histórica que indica nacimiento y muerte: 1809-1880.

- Lo recuerdo perfectamente. A mi retorno de Tahití, vía Cobija, los Montt eran una familia poderosísima. Él fue ministro en varias oportunidades y presidente en 1851, al momento de mi muerte. Mejor cierre su celular.

- Don Ramón, es que quería mostrarle una foto del que fuera su hogar. Ahí en la esquina de Santo Domingo con Las Claras, hoy Mac-Iver.

- No me diga que está en pie... ¡Me vienen a la memoria los juegos infantiles con mi querido hermano Ignacio! Al frente de nosotros quedaba la casa solar de María del Rosario Puga y Vidaurre, el gran amor de Bernardo.

- Y esa casa también se conserva. Es la única de fachada continua, adobe revestido, de un piso. Precisamente luce una placa de mármol que estampa que ahí nació el hijo de ambos, Pedro Demetrio. Don Ramón, por favor, mire ahora la pantallita del celular: ¡Ahí está su casa! Cierro los ojos y lo veo a usted mirando hacia la calle a través de esos seis ventanales. Imagino las horas felices que pasó junto a sus padres… Aunque a lo mejor no la reconoce porque actualmente pertenece a la Prefectura Central Norte. Primera Comisaría de Carabineros de Santiago.

- ¡No puede ser! ¿De qué me está hablando? Aparte la foto de mi vista. ¡No quiero reconocerla! ¡Mi hermosa morada transformada en centro de detenciones! ¡En recinto de torturas! ¡Simplemente una locura! ¡Otra maldad de mis enemigos! Está bromeando. ¡Es una ofensa a mi trayectoria! ¡Inconcebible!

- ¿Y sabe? No hay ninguna placa que diga que usted, don Francisco Antonio, doña Gertrudis y su hermano mayor vivieron en ese lugar. ¡Mírela, se lo ruego!

- ¿Para qué? ¿Con qué sentido? ¡Y nadie hace nada para rescatarla! Sinsabores, traiciones se agolpan en mi cabeza. Me aturden. Fabio, me siento pésimo. ¡Mi casa, una comisaría! Lo que faltaba. Lleguemos hasta aquí. De verdad, encantado de conocerlo.

- ¡Por favor!, el honor ha sido mío, don Ramón.

- Me dijo que pasado mañana parte a Tahití con Carmencita. ¿no? Como el viaje en avión es largo, le voy a pedir -agregó tendiéndole una hoja de papel que sacó de entre sus ropajes- que durante el vuelo lean este testimonio nacido al trasluz de nuestras conversaciones. Al quedar solo, evaluaba frases, conceptos; me asqueaban ciertas conductas adversarias; la maraña política se tornaba impenetrable; sólo algunas individualidades alcanzaban el respeto. Tanto raciocinio despertó mis deseos de escribir estas líneas. Medítenlas y denlas a conocer si creen que en algo pueden contribuir a develar mi verdadera personalidad. Yo vuelvo al encierro eterno del mausoleo. Nunca más saldré. Entre muertos y fantasmas desaparecen las envidias; se congelan las ambiciones; persisten, eso sí, ciertos dolores. ¡Diviértanse! Buenas noches…

Mientras Ramón Freire decía sus postreras palabras, el cielo comenzó a abochornarse. Las nubes adquirieron color rojizo, empezó a silbar una brisa tibia que sonó cual marejada. De improviso tronó un temblor de rocas subterráneas. Fabio escuchaba sorprendido. Las ramas de los árboles bailaban en remolino; cediendo espacio a aullidos lejanos. los pájaros escaparon asustados; en el horizonte nortino resonaron carreras de caballos desbocados. Tras el Buenas Noches del Prócer, el ruido ferroso de cien candados fundió las rejas, al suelo se fueron decenas de crucifijos, y desde lo alto del mausoleo cayó la pequeña esfinge que representaba al Cid Campeador chileno.

Una lluvia primaveral lavó el rostro del periodista que comprendió que el ciclo de conversaciones con el fantasma patriota no tendría más capítulos. La palabra dolor quedó girando en su mente. Quizás aludía a los terribles dolores del cáncer bucal que sellaron su destino glorioso en diciembre de 1851.

A la noche siguiente, cuando el avión Boeing 707 sobrevolaba el océano Pacífico rumbo a Tahití, saboreando un whisky, después de mirarse dulcemente a los ojos, la pareja de enamorados empezó a leer lo redactado por el héroe en su despedida.

En una lista señalaba a quienes a lo largo de dos siglos opacaron y enlodaron sus hazañas militares, evitaron defenderlo frente a sus enemigos, congelaron el pensamiento para reconocer la trascendencia de sus obras, lo ofendieron, postergaron y desvirtuaron su categoría de Padre de la Patria. La tituló:

## ¡Yo Acuso!

A mis descendientes, quienes, transcurridos ciento sesenta años de mi muerte, han permitido que determinados historiadores destruyan mi imagen.

A quien corresponda, entre mis familiares, por no haber creado un Centro de Análisis Histórico que llevara mi nombre.

A los gobiernos republicanos y dictatoriales, que jamás hicieron una campaña nacional para homologar mis logros gubernamentales con los de Bernardo.

A la Casa de Moneda, que jamás consideró mi rostro para usarlo en alguno de sus billetes.

Al ministerio de Defensa, por opacar mis hazañas militares en un segundo plano.

Al Museo Militar, que en su galería de personajes me otorga un lugar irrelevante.

A las autoridades castrenses, que así como bautizaron con el nombre Bernardo O'Higgins a su Escuela, debieron usar el mío para nominar otro plantel de similar alcurnia.

Al ministerio de Educación, por permitir que en los textos de estudios mi figura sea postergada.

Al Ministerio de la Vivienda, que nunca rescató nuestra casa familiar para convertirla en un museo o centro cultural.

Al Instituto de Conmemoración Histórica, que ni siquiera ha puesto una placa en la que fuera mi hogar.

Al Ministerio de la Cultura y las Artes, que no convoca a concursos destinados a rescatar la memoria nacional a través de los Padres de la Patria.

Al Gobierno Regional de Concepción que, imitando al del Maule con su Museo O'Higginiano, no creó con mi apellido una institución similar.

A Zerreitug, realizador de dioramas históricos, que nunca produjo uno con mi figura.

A las galerías de arte, que ni siquiera en la Noche de los Museos pone a valer cuadros con sucesos relevantes de nuestra historia.

A los medios de comunicación, que a diferencia de lo que ocurre en Europa, carecen regularmente de secciones destinadas al pretérito.

A TVN, que en nada semeja a los canales del viejo mundo, siempre destacando personajes notables del pasado.

A las editoriales que aún no se suman a aquellas que últimamente han apoyado a los escritores que han refrescado la historia con nuevas miradas.

A los alcaldes del país, incapaces de organizar giras turísticas con los lugares en que se hizo la historia de la nación.

A los compositores de música, que al momento de crear siempre se inspiran en las mismas figuras. Por quinto año se hizo la Tocata O'Higgins en la Sexta Región.

A los dramaturgos, poseedores de la mágica posibilidad de montar en un escenario la vida de los próceres.

A los cineastas y documentalistas que desperdician la riqueza de eventos gloriosos sufridos por el país para alcanzar su desarrollo.

A los difusores de la obra de Barros Arana, empeñados en denigrarme y no difundir que él también me comparó con el talento de Bolívar, el desprendimiento de San Martín, la intrepidez de O'Higgins y la generosidad de Sucre.

Al Metro de Santiago, que en su estación Los Héroes me ignora y reivindica a otros generales.

A la Asociación Central de Fútbol, que permite que un club se llame O'Higgins de Rancagua y no cree otro que podría llamarse Freire de Concepción.

A los millennials y youtubers, dueños de un talento puro, que deberían aprovechar las redes para nutrir sus producciones.

¡No los canso más! Por último, acuso a este periodista por haberme despertado del sueño eterno y, a lo mejor, sólo ha sido una pérdida de tiempo ya que jamás publicará el libro prometido.

F  I  N

# BIBLIOGRAFÍA


Advis L., González J.P. Clásicos de la música popular chilena. Edit. UC. 2.000.

Amunátegui, Luis Miguel. La dictadura de O'Higgins. Edit. Del Cardo, Santiago, 1823.

Arana Barros Diego. El Jeneral Freire. Imprenta Julio Belin. 1852.

Alonso Pilar, Gil Alberto, Galicia. Edit. Susaeta S.A. Madrid.

Armesto, Victoria. Galicia Feudal. Edit. Galaxia.

Baradit Jorge, Historia secreta de Chile. Edit. Sudamericana, 2015.

Baradit Jorge, Historia secreta de chile N° 2. Edit. Sudamericana, 2016.

Baradit Jorge, Héroes, Edit. Sudamericana. 2019.

Bermejo, Pallares, Pérez, Portela, Historia de Galicia, Edit. Alhambra 1980.

Bunster Enrique. Aroma de Polinesia. Edit. Del Pacífico 1959.

Campos H. Fernando, Historia de Concepción 1550-1970. Edit. Universitaria 1979.

Cortez Ramón, Introducción al Periodismo. Edit. LOM, 2003.

Encina-Castedo, Historia de Chile. Edit. Zigzag, 1974.

Encina Francisco, Historia de Chile. Edit. Revista VEA Ltda.

Figueroa Pedro Pablo, Diccionario de extranjero en Chile. Edit. Ahumada, 1906.

Figueroa Víctor Hugo. El libro de oro de la historia de Penco.

Freire Toño, Balcones para ver la nieve eterna. Edit. TF Pub. y Prod. 2007.

Frías Valenzuela Francisco, Manual de Historia, desde la prehistoria hasta el 2000.

Freire Toño, El enigma de la cinta con el último discurso de Allende, Ed. Radio U. de Chile. 2007.

Galasso Norberto, Historia de Chile. Cap. VIII.

Jocelyn Holt Alfredo, Historia General de Chile.

Kilapán Lonko, O'Higgins es araucano. Edit. Universitaria, 1978.

Lagos C. Guillermo. Los Tratados de Límites con Perú. Ed. Andrés Bello.

Montells, José María. Lenguas y blasones gallegos de Luis Camoes.

Moreno Espíldora Eduardo, Libro de Oro de Talcahuano.

Ortega Francisco, Logia Edit. Planeta 2014

Peralta Gonzalo, Historia Nacional de la Infamia….

Peri Fagerstrom, René, La raza negra en Chile. Edit. LOM 1999.

Primeras Damas de Chile del Centro de Estudios Forenses de la Policía de Investigaciones.

Salazar Gabriel, El Ejército chileno y la soberanía popular …

Sepúlveda, Alfredo, ¡Independencia! Edic. B, Chile S. S. 2010.

Villalobos S, Silva O, Silva F, Estellé P, Historia de Chile, Ed. Universitaria, 1990.

Villagrán Fernando, Simón Rodríguez, las razones de la educación pública. Edit. Catalonia, 2011.

Téllez Cárcamo Indalicio, Historia de Chile 1520-1883. Imprenta y Librería Bacells y Cía. 1925.

Thayer Ojeda Luis, Orígenes de apellido de familias chilenas. Edit. A. Bello.

Yáñez Diéguez J. Antonio, Una familia gallega, 2003.


REVISTAS:


Revimar 6/2006. Ramón Freire Serrano: El prócer que pudo haber conquistado Tahití. Por Jorge Martínez Bush, académico e historiador.

Simbología de la platería mapuche. Inst. Cultural de Providencia.

Museo masónico. Edic. Gran Logia de Chile.

Revista Masónica de Chile N° 1 y 2. Año 1957. Gran Logia Oriente de Santiago.

Revista Paula, Marcela Fuentealba, octubre 2017.

Suplemento cultural dominical de El Mercurio.

Colección Icarito del diario La Tercera.

Revista N° 17 y 47 de la Academia chilena de la Historia.

La Panera, Corporación Cultural Arte

DOCUMENTOS:

Archivo Nacional y los parroquiales del obispado de Santiago.

Departamento de Derechos Intelectuales. Biblioteca Nacional.

XOR. Genealogía del linaje Freire de Andrade, s XIV y XVII.

Árvore Genealógica de Don Francisco Antonio Freire y Paz.

Wikipedia. Ramón Freire Serrano.

Cuadernos de Historia Militar. Diario de operaciones del Ejército de los Andes en el sur de Chile de mayo a octubre 1817.